LITRADUKT

GARY VICTOR

Im Namen des Katers

Aus dem Französischen
von Peter Trier

LITRADUKT

Bibliographische Information der Deutschen Bibliothek: Die Deutsche Bibliothek verzeichnet diese Publikation in der Deutschen Nationalbibliographie; detaillierte bibliographische Daten sind im Internet unter *http://dnb.ddb.de* abrufbar.

Erste Auflage, Januar 2019
Ungekürzte Ausgabe
Litradukt, Literatureditionen Manuela Zeilinger-Trier,
www.litradukt.de

Das französische Original erschien 2018 unter dem Titel
»W ap konn Georges«, ISBN: 978-99970-73-92-1

Aus dem Französischen von Peter Trier
Umschlaggestaltung und Satz: Berliner Süden
Umschlagabbildung: Francisco Silva
Herstellung: Clausen und Bosse, Leck
Printed in Germany

ISBN: 978-3-940435-30-9

Begriffe, die mit einem Stern gekennzeichnet sind,
werden im alphabetischen Glossar erklärt.

Die Machete in seinen Händen war so schwer, dass er sie eigentlich gar nicht hätte halten können. Eine Machete, wie er sie noch nie gesehen hatte. Sie ähnelte einem Säbel. Er konnte nur zur Kenntnis nehmen, wie geschickt er die Waffe handhabte, denn er war nicht mehr Herr über seinen Körper und seinen Willen. Er wusste, was geschehen würde, aber von seinen Lippen konnte nicht einmal ein Schluchzen abheben. Er war zu einer menschenförmigen, nur noch aus Ohnmacht und Schmerz bestehenden Gestalt geworden. Die Klinge schlug den Kopf mit einem Hieb ab, und warme, vom Schwung des Stahls fortgeschleuderte Tropfen vom Blut seines Opfers besudelten sein Gesicht. Er ließ die Machete fallen; sein Geist, den etwas Schreckliches in seinem Griff gehalten hatte, war wieder frei. Im Erwachen sprang er aus dem Bett, als wäre eine Bande von Dämonen hinter ihm her. Seine Füße verhedderten sich in den Laken, und er fiel der Länge nach auf den feuchten Boden. Mühsam erhob er sich, ihm war schwindelig. Zum Aufstehen musste er sich am Bett festhalten. Eine Frau schlief darin tief und fest. Der Lärm hatte sie nicht geweckt. Wer war sie?, fragte sich Dieuswalwe Azémar. Er erinnerte sich an nichts. Wahrscheinlich eine Nutte, die er nach zu reichlichem *soro**-Genuss auf der Place du Champ-de-Mars aufgelesen hatte. Schwankend, mit fiebrigem Körper erreichte er das Badezimmer, drehte den Hahn am Waschbecken auf, ließ sich Wasser in die hohlen Hände laufen und besprengte sich damit. Es kam ihm immer noch so vor, als hätte er Blutstropfen auf dem Gesicht, einem angstverzerrten Gesicht, das er in dem seit dem Erdbeben gesprungenen Spiegel – er hatte nie daran gedacht, ihn zu ersetzen – kaum erkannte. Er war noch magerer geworden. Dieser Albtraum war realer gewesen als die früheren. Es hatte einige Tage begonnen, nachdem Landeng, der Magier, ihm diesen *garde** am Arm unter die Haut genäht hatte. Der Geist namens Loko sollte ihm die Kraft verleihen, es mit denen aufzunehmen, die ihn beschuldigten, einen brasilianischen General ermordet zu haben. Er wurde den Eindruck nicht los, dass die Nacht für Nacht präziser werdende Albtraumwirklichkeit aus dem Bereich des Traums in seinen Alltag hineindrängen und sich darin festsetzen würde. Jedes Mal versuchte er sich dann zu beruhigen, sich zu sagen, dass all das auf den Stress zurückzuführen war, auf die erzwungene Trennung von seiner Tochter Mireya und darauf, dass er in seinen Ermittlungen über mehrere Morde nicht weiterkam. Die Opfer waren allesamt als Alkoholiker, sogenannte *kakakleren,* und vor allem als große Konsumenten von Katzenfleisch bekannt gewesen. Der Albtraum von dieser Nacht hatte einem ausgefeilteren Szenario gehorcht. Er allein in einer Savanne, in der als einziger Baum eine Königspalme* stand. Sein Körper wie eingeschlossen in einen Sarkophag aus Eis. Er konnte nicht die geringste Bewegung machen, bis jemand, er konnte nicht sehen wer, ihm die Machete in die Hand drückte. Die Waffe war so schwer, dass er sie eigentlich nicht so leicht hätte handhaben können. Aus einem unerfindlichen Grund wusste er bereits, was von ihm erwartet wurde, und kämpfte mental mit allen Kräften darum, eine gewisse Kontrolle über seinen Willen zu behalten, auch wenn sein Körper dem Geist gehorchte, von dem er besessen war. Er musste töten. Der scharfe Befehl hallte in seinen Ohren. Die Frau, die mit auf den Rücken gefesselten Händen vor ihm kniete, flehte ihn weinend um Erbarmen an. »Töte!« Jedes Mal kämpfte er mit all der Kraft, die er aufbringen konnte, setzte ein, was ihm an Energie blieb. Ein Feuer pulsierte an seinem Arm, da, wo Landeng ihm den *garde* eingenäht hatte. In allen vorherigen Albträumen hatte er seinem Peiniger standhalten können, obwohl er wusste, dass seine Kräfte abnahmen und er irgendwann zwangsläufig nicht mehr in der Lage sein würde, die Frau zu verschonen. Er war immer schweißgebadet und mit einer Migräne aufgewacht, die durchaus kein Anreiz gewesen war, an seinen *soro*-Vorrat zu gehen. Nun war eingetroffen, was er befürchtet hatte. Er konnte auf seinem Gesicht nichts erkennen, spürte die Blutstropfen aber noch immer. Die Vision von der Enthauptung der Frau sprang ihn an. Er stürzte zur Toilette und erbrach das wenige, was er im Magen hatte. Mehrere Minuten verharrte er in einem Zustand der Betäubung. Das Brennen in seinem Arm holte ihn in die Wirklichkeit zurück. Genau an der Stelle, an der der *bòkò** gearbeitet hatte, pulsierte etwas. Dieuswalwe Azémar stürzte in die Küche und nahm ein Messer, entschlossen, sich ins Fleisch zu schneiden, um zu entfernen, was Landeng dort eingesetzt hatte. Erneut fand er sich im Kampf gegen einen Willen, der sich bemerkbar machte, sobald die Klinge sich seiner Haut näherte. Die Kraft, die sich seiner Bewegung entgegenstellte, war so stark, dass er das Messer in ohnmächtigem Zorn an die Wand warf. Er konnte dem Verlangen, eine Flasche *soro* vom Kühlschrank herunterzuholen, nicht mehr wiederstehen. Er genoss sein Lieblingsgetränk immer warm. Der Alkohol stärkte ihn ein wenig. Auf der Wanduhr war es Viertel nach eins. Die Frau schlief immer noch, gleichgültig gegen seine Qualen. Wo zum Teufel hatte er sie nur aufgegabelt? Sie war absolut nicht sein Typ. Eher dick, die Haare blau gefärbt. Sie schlief mit offenem Mund und gab dabei eine Art Zischen von sich. Eine Schlange in meinem Bett, dachte Dieuswalwe schaudernd.

Die besagte Stelle an seinem Arm begann erneut zu brennen. Ein unerträglicher Schmerz. Er brauchte eine Antwort. Es war eine verrückte Idee gewesen, dem Hexer zu vertrauen. Er zog eine Jeans, ein kurzärmliges Baumwollhemd und Mokassins an, dann hob er die Matratze leicht an und griff nach seiner Beretta. Sie war geladen. Für das, was er zu tun hatte, würde ein Magazin genügen. Er nahm ein Paar Handschuhe. Die Frau schlief weiter. Sie war wohl betrunken. Was hatte er mit ihr gemacht? In seinem Gedächtnis herrschte Leere. Verdammter *soro*, schimpfte er und bereute sofort, sein Lieblingsgetränk beleidigt zu haben. Er musste in spätestens einer Stunde zurück sein. Sollte die Frau vorher aufwachen, würde sie allerdings nicht verschwinden und dabei mitgehen lassen, was ihr gefiel. Sie wusste, mit wem sie es zu tun hatte: einem Polizeiinspektor, der sie überall finden würde.

Er öffnete lautlos die Tür, schloss sie ebenso vorsichtig und stieg die kleine Treppe zur Garage hinunter. Der alte Nissan sprang sofort an. Sein Mechaniker vollbrachte wahre Wunder. Er fuhr die Place Jérémie entlang und bog dann in die Avenue Magloire Ambroise ein. Es hatte geregnet. Der Asphalt war von Unrat bedeckt. Die Bewohner der Slums an den Berghängen nutzten den kleinsten Regenschauer aus, um den Müll in die Sturzbäche zu werfen, die von den Höhen herunterschossen. Niemand auf der Straße. Nur Hundemeuten auf der Suche nach Fressbarem. Am Ende der Avenue nahm er die Route des Dalles. Nur ein Tanzlokal war geöffnet. Aus einem Lautsprecher, der inmitten der leeren Tische auf dem Bürgersteig stand und trotz der späten Stunde voll aufgedreht war, dröhnte *Malere*, ein Hit von Alan Cave: »*Malere, gade jan nou malere. N ap mache bwete poutan janm nou pa kase. Nou tout nou malere nou pran pòz nou pa wè.*«* Dieuswalwe Azémar überquerte die Avenue Monseigneur Guilloux, dann war er am Ziel. Er parkte vor dem Eingang des Korridors, der zu Landengs Tempel und Wohnhaus führte. Bevor er ausstieg, blieb er einige Minuten im Auto sitzen, nur um Fühlung mit der Umgebung aufzunehmen. Anscheinend war niemand auf der Straße. Gegenüber die Auslagen einer Garköchin. Zwei Kessel und sonstige Utensilien waren sorgfältig auf zwei Tische geräumt, die den gesamten Bürgersteig einnahmen. Unter dem Torbogen eines Geschäfts schlief in Lumpen gehüllt ein Mann. Ein Leichenwagen mit einem Polizeiblaulicht auf dem Dach fuhr mit ausgeschalteten Scheinwerfern vorbei. Der Inspektor blickte dem Fahrzeug auf dem Boulevard nach, bis es an einer Kreuzung verschwand.

Er stieg aus dem Auto, vergewisserte sich, dass die Tür gut verriegelt war, und schlüpfte in den Korridor, der zu Landeng führte. Der Pfad war nun betoniert, das Werk einer NGO, die in diesem Elendsviertel tätig war. Der Inspektor wunderte sich über die Stille an diesem sonst so lauten Ort. Keine Radios, die mit voller Lautstärke *konpa**- oder *rabòday**-Hits dudelten! Keine Pastoren, die die Teufel geißelten und dazu aufriefen, sich auf die Rückkehr Jesu vorzubereiten. Der starke Regenschauer hatte die Leute betäubt und ihren Evangelisierungseifer abgekühlt. Ihm fiel der Nachmittag wieder ein, an dem ein vom Schicksal geschickter Regen verhindert hatte, dass die Anhänger des Priesters auf dem Präsidentensessel, der damals zu allem bereit war, um eine mörderisch gewordene Macht zu verteidigen, alles in Brand steckten. Auch für ihn war der Regen ein Geschenk des Schicksals, dachte der Inspektor. Ansonsten wäre die Sache schwieriger.

Er kam vor Landengs Tempel an, stieg eine Treppe hoch und klopfte an die Tür.

»Wer ist da?«, fragte eine Stimme.

»Ich muss Landeng etwas Wichtiges überbringen«, log Inspektor Azémar. »Es ist dringend.«

»Papa ist nicht da«, sagte die Stimme.

»Das ist ein Geschenk aus Pont-Sondé. Der Geist, um den er gebeten hat.«

Auf der anderen Seite herrschte Schweigen. Der Inspektor hatte sich alles ausgedacht, ohne zu überlegen. Die dreistesten Lügen erzielen immer die gewünschte Wirkung. Sein verunsicherter Gesprächspartner überlegte. Er hatte keine Lust, mitten in der Nacht einem Unbekannten die Tür zu öffnen.

»Papa Landeng hat mir nichts von einer Lieferung heute Nacht gesagt.«

»Hör zu«, sagte der Inspektor und nahm einen drohenden Tonfall an. »Landeng wird nicht erfreut sein, wenn ich wieder gehe, ohne den Geist übergeben zu haben. Die Zeit drängt. Gleich wachsen mir die Flügel am Rücken. Hol ein heiliges Tuch, um den Geist entgegenzunehmen. Du darfst ihn auf keinen Fall mit den Händen berühren.«

Anscheinend hatten die Argumente des Inspektors über das Misstrauen seines Gesprächspartners gesiegt.

»Warten Sie, ich hole ein Tuch. Ist es schwer?«

»Nein, mach schnell.«

Er, der Inspektor, hatte es mehr als eilig. Innen waren Schritte zu hören. Eine Minute verging. Die Tür öffnete sich einen Spalt. Darauf hatte Dieuswalwe Azémar gewartet. Die Bewegung des Inspektors war so schnell, dass Landengs Diener nicht mehr reagieren konnte. Ein fast zwergenhaft kleiner Mann in einem Frauennachthemd. Er hatte einen kahlen, ölglänzenden Schädel und hervortretende Augen. Der Lauf von Azémars Waffe bahnte sich gewaltsam einen Weg in seinen Mund. Vor Schreck stieß er ein schrilles Quieken aus. Der Zwerg ließ das malvenfarbene Tuch fallen, das er in der Hand hielt.

»Ich habe keine Zeit zu verlieren. Willst du eine Kugel in den Mund?«

Der Zwerg schüttelte verängstigt den Kopf. Azémar nahm ihm die Pistole aus dem Mund.

»Wo kann ich Landeng finden?«

»Er ist nicht da. Er ist zu einer Behandlung gegangen.«

»Wo?«

»Auf dem Friedhof.«

»Dauert die Behandlung lang?«

»Bis Sonnenaufgang.«

»Wenn du mir nicht die Wahrheit sagst, komme ich wieder und bringe dich um. Weißt du, wer ich bin?«

»Du hast Marasa und seine Diener getötet ... Erbarmen, ich lüge nicht.«

»Dann weißt du, dass du absolut nichts bist. Ein Moskito ist mehr wert als du.«

Der Zwerg nickte. Er war schweißgebadet. Es fehlte nur die Pfütze zu seinen Füßen.

»Wo auf dem Friedhof?«, fragte der Inspektor.

»Beim Simbi-Grab.«

Das Simbi-Grab war eine Quelle unter einem Grabgewölbe des Friedhofs. Ein Haufen Spinner kam dorthin, um darin zu baden, da sie glaubten, auf diese Weise die Geister gnädig zu stimmen.

»Du hast kooperiert, und ich lasse dich am Leben. Aber du hast mich nie gesehen. Verstanden?«

»Verstanden«, antwortete der Diener und faltete die Hände. »Ich sage nichts. Ich habe niemanden gesehen.«

»Sonst komme ich wieder und mache dich kalt, und ich verfehle dich nicht.«

»Ich sag doch, dass ich nichts sage«, flehte der kleine Mann.

Vielleicht war es ein Fehler, ihn am Leben zu lassen, aber die Stille machte den Inspektor vorsichtig. In dem Lärm, der normalerweise im Viertel herrschte, hätte ein Schuss niemanden groß beunruhigt. Es war üblich, dass jemand im trunkenen Zustand herumballerte, aus Freude über den Sieg seiner Fußballmannschaft oder weil er gar so stolz darauf war, eine Frau ordentlich flachgelegt zu haben. Wie würden die Leute im Viertel reagieren, wenn um diese Zeit in Landengs Höhle Radau zu hören war? Er versetzte dem Zwerg einen heftigen Stoß, so dass dieser gegen eine Wand flog, an die eine rotäugige Erzulie mit einem Dolch zwischen den Zähnen gezeichnet war. Möglicherweise hatte Landengs Diener sich bei dem Aufprall die Wirbel gebrochen, aber der Inspektor kümmerte sich nicht darum. Er verließ den Tempel, als wäre nichts gewesen. Alles war noch genauso ruhig. Er gelangte ungehindert zur Straße. Der Schläfer unter dem Torbogen war erwacht und trank im Sitzen aus einem verrosteten Topf. Er bemerkte den Mann in dem Nissan nicht. Das Auto fuhr lautlos an, als wollte es sich seine dreißig Dienstjahre nicht anmerken lassen.

*

Er musste den Haupteingang des Friedhofs meiden. Er hätte sich durchaus beim Wächter melden und seinen Status als Polizeibeamter geltend machen oder ihm ein Bakschisch in die Hand drücken und behaupten können, er sei wegen eines Rituals von allergrößter Bedeutung hier, aber er konnte keinen lästigen Zeugen gebrauchen. In einem Land, in dem so viele Leute ihn zur Strecke bringen wollten, vor allem diejenigen, die ihm nicht verziehen, dass er Marasa und seine Diener vom Leben zum Tode befördert hatte, musste er seinen Rücken freihalten.

Er parkte auf dem Bürgersteig an einer Stelle, an der die Mauer so niedrig war, dass er sie überklettern konnte. Er war mager. Sein hemmungsloser *soro*-Konsum ließ ihn schlecht aussehen, aber seine körperliche Verfassung ließ nicht zu sehr zu wünschen übrig. Er landete auf dem noch nassen Gras des Friedhofs nicht allzu weit von der Kapelle, in der die Gläubigen der Jungfrau Maria ihre Huldigungen darbrachten, während die *lwa** in nächster Nähe des heiligen Ortes darauf warteten, dass man nach den obligatorischen Kniebeugen vor Jesus zu ihnen zurückkehrte, damit sie sich um die konkreteren Dinge kümmerten.

Der Inspektor orientierte sich ohne Schwierigkeiten in den Alleen des Friedhofs. Er kannte sich dort aus, denn er war mehrmals im Rahmen der oft abstrusen Ermittlungen dort gewesen, mit denen ihn die Dienststelle betraute. Der Vollmond spielte ihm in die Hände, denn die Laternen, die den Friedhof erhellen sollten, waren außer Betrieb. Wenn der Strom schon in der Stadt der Lebenden so sparsam verteilt wurde, dann konnte die Wohnstätte der Toten nicht anspruchsvoller sein.

Die Gesänge zeigten ihm an, dass er sich dem Simbi-Grab näherte. Gedämpfte Gesänge, als fürchtete man, indiskrete Ohren könnten die Anrufungen auffangen. Es waren etwa zehn Männer und Frauen, alle in Weiß mit einer Kerze in der linken Hand. Auf einem Grab beugte Landeng sich über eine seltsame Szene. Ein auf der Seite liegender Mann, der mit Stricken an eine riesige Ziege gefesselt war und im Gegensatz zu den anderen zwei Kerzen in den Händen hielt, sprach die Formeln nach, die ihm der Magier vorsagte. Es würde lange dauern, vielleicht über eine Stunde, aber er, Inspektor Azémar, hatte keine Zeit. Er trat näher, schoss zweimal in die Luft und schrie: »*Dyab lan di bay zòn nan!*«* Sofort rannten alle auseinander und ließen die Kerzen im Gras zurück. Der überrumpelte Landeng hatte nicht die Zeit zu fliehen. Azémar packte ihn am Gürtel, hielt ihm den Lauf der Waffe an die Schläfe und stieß ihn in einem irren Lauf durch die Gassen des Friedhofs vor sich her, damit die Leute sie nicht fanden, falls sie nach der ersten Überraschung die Verfolgung aufnahmen. Er drückte seinen Gefangenen zwischen zwei Grüfte, wo er mit Sicherheit einige Minuten lang ungestört sein würde.

»Du bist verrückt, Dieuswalwe Azémar«, stieß Landeng hervor. »Du weißt nicht, was du tust. Du bist jetzt auf unserer Seite.«

»Ich auf eurer Seite! Niemals.«

»Die Tage vergehen, Dieuswalwe Azémar«, kicherte der Hexer. »Du müsstest es wissen. Es gibt Anzeichen.«

»Was für Anzeichen?«, schrie der Inspektor. »Diese Albträume, die immer wiederkommen? Dieses Brennen am Arm?«

Der Magier ließ ein leises, unheilverkündendes Lachen hören.

»Du hast bestimmt gekämpft, ich kenne dich. Aber Loko gewinnt immer. Du hast den Kopf abgeschlagen. Gib's zu. Vorläufig war es nur ein Albtraum.«

Der Inspektor ohrfeigte ihn mit der Hand, in der er die Waffe hielt. Landeng war angeschlagen. Er spuckte Blut, seine Augen sandten hasserfüllte Blitze aus.

»Du entkommst unserer Rache nicht, Dieuswalwe Azémar. So

ist es nun mal. Sechsundsechzig Tage, nachdem er eingepflanzt wurde, verlangt der *garde* nach Blut. Wenn du dich nicht entschließt, ihm welches darzubringen, und ich weiß, dass du dich weigern wirst, dann ergreift er Besitz von dir, und du bist nur noch ein Zuschauer seiner Lust. Er wählt das Opfer aus. Und er hat keine Hemmungen, Personen auszuwählen, an denen du hängst. Ich zähle die Tage, Inspektor. Es sind noch gerade mal sechs, Dieuswalwe Azémar. Sechs! Wie ich sehe, trägst du Handschuhe. Willst du mich ermorden, ohne Spuren zu hinterlassen? Der Hölle entkommt man nicht, Inspektor.«

Mit der Kraft, die die Wut ihm verlieh, hob Azémar Landeng am Kragen hoch.

»Schluss mit den Scherzen. Du wirst mich von diesem Ding in meinem Arm befreien. Deswegen bin ich hier. Sonst nehme ich dir, woran du am meisten hängst: dein elendes Leben!«

Landeng schüttelte mit gespieltem Bedauern den Kopf.

»Ich kann nichts für dich tun, Dieuswalwe Azémar. Wenn der *garde* einmal eingepflanzt ist, ist man bis zum Tod mit ihm verbunden.«

Er kicherte erneut.

»Du glaubst, du bist immer der Klügere, Dieuswalwe Azémar. Jetzt hör auf meinen Rat: Mach dich auf den Tag gefasst, an dem du in die Hölle aufgenommen wirst. Ziemlich viele Leute haben sie dir heiß gemacht, wie man so schön sagt.«

Dieuswalwe Azémar wusste nicht mehr weiter und hielt Landeng mit Tränen in den Augen seinen Arm hin. Unerträgliches Brennen. Er unterdrückte ein Stöhnen.

»Nimm ihn mir raus, bitte ... Nimm ihn mir raus.«

Der Magier brach in Gelächter aus, in seinen Mundwinkeln sammelte sich blutiger Schaum. Ein Hampelmann aus der Hölle, so kam er Azémar vor.

»Ich bin glücklich, dass du mich anflehst, Dieuswalwe Azémar, aber ich kann nichts für dich tun. Selbst wenn ich wollte, wäre ich machtlos.«

Der Inspektor drückte den Abzug. Er hatte auf Landengs Schulter gezielt. Die Wucht des Projektils schleuderte den Hexer auf eine Grabplatte. Er versuchte aufzustehen. Der Fuß des

Inspektors auf seiner Brust zwang ihn, auf dem Boden liegenzubleiben.

»Zum letzten Mal, Landeng. Nimm mir dieses Ding aus dem Arm.«

»Wir sehen uns in der Hölle, Dieuswalwe Azémar.«

Der Inspektor zog den Flachmann mit *soro* aus der Gesäßtasche. Er schraubte den Verschluss ab und tat einen tiefen Zug.

»Willst du auch einen Schluck?«, fragte er. »Wenn man schon zur Hölle fährt, dann wenigstens mit dem besten Geschmack der Welt im Mund. Dem Geschmack des *soro*.«

»Fick dich!«, schrie Landeng.

Die zweite Kugel zerschmetterte ihm den Schädel.

TAG 1

Die Klimaanlage war wieder ausgefallen. Er dachte nicht einmal daran, den Wartungsdienst zu rufen: Er hatte genug von den Technikern, die jedes Mal versprachen, ein erneutes Versagen sei nicht möglich. Er öffnete die Fenster. Die heiße Luft aus den Bergen, die ein Teppich von Slums bedeckte, erstickte ihn noch mehr. Die große Flasche gekühltes Wasser, die man ihm brachte, verschaffte ihm keine Erleichterung. Nur der *soro* wäre ihm eine große Hilfe gewesen, aber Kommissar Dulourd behielt ihn im Auge. Zu den Bürozeiten bemühte er sich nüchtern zu bleiben. Es fiel ihm schwer, dabei seine Intelligenz auf seinem normalen Niveau zu halten. Dennoch musste er mit dem *soro*-Entzug leben. Das war die Bedingung, damit er seinen Job bei der Polizei behielt.

Er hatte etwa dreißig Fotos auf seinem Schreibtisch ausgebreitet. Lauter Männer, denen man die Kehle durchgeschnitten hatte. Hingerichtet, weil sie Katzenfleisch gegessen hatten. Der Mörder hatte Wert darauf gelegt, dass der Grund für seine Taten klar erkennbar war. Er hatte ein Büschel Katzenhaare im Mund jedes seiner Opfer zurückgelassen, die alle notorische Alkoholiker waren. Leute, die viel Alkohol tranken, insbesondere *kleren**-Trinker, schienen Katzenfleisch zu schätzen. Dieuswalwe Azémar war davon angeekelt. Er konnte sich nur schwer vorstellen, Katzen zu essen, auch wenn Freunde von ihm, die ebenfalls dem *soro* zugetan waren, behaupteten, zum Schnaps gebe es nichts Besseres. Ein weiterer Geisteskranker, der frei auf den Straßen eines Landes herumlief, in dem die Polizei alle Mühe hatte, ihren Auftrag zu erfüllen, nämlich die Bürger zu schützen. Immer derselbe Modus Operandi. Der Mörder war Rechtshänder. Er hatte eine Waffe mit ausreichend scharfer Klinge benutzt, denn laut dem Gerichtsmediziner hatte er jedes Mal nur einen Schnitt benötigt. Das Werk von jemandem, der seine Arbeit so eifrig und sorgfältig wie ein unerlässliches Ritual ausführt. Diese Ermittlungen kümmerten niemanden. Welcher Politiker würde sich um

Bürger scheren, die nur dafür bekannt waren, dass sie literweise *kleren*, Rum oder Whisky trinken konnten, ohne die geringsten Ausfallerscheinungen zu zeigen? Der Inspektor hatte, unter allgemeinem Desinteresse, hartnäckig alle möglichen Spuren verfolgt und etwa hundert Personen befragt. Er sah noch immer keinen noch so entfernten Schimmer einer Lösung. Der Mörder schlug aufs Geratewohl zu. Die Morde hatten an verschiedenen Orten stattgefunden, immer nachts auf offener Straße. Jedes Mal hatte der Mörder seine Tat gut geplant. Man wusste, dass er eine Kapuze trug. Abgesehen davon hatte kein Zeuge irgendeine Information liefern können, die die Ermittlungen weiterbrachte.

Er hatte keine Spur. Er war bei null. Er musste warten, bis der Mörder einen Fehler beging. So war es immer. Oft wollte der Verbrecher die Latte höher legen, die Herausforderung steigern, seinen Verfolgern zeigen, dass er der Stärkere war. Die Lust am vollen Risiko, am Katz-und-Maus-Spiel mit der Polizei. Vielleicht trugen solche Mörder auch einen Rest an Menschlichkeit in sich, der nach Erlösung, das heißt nach Bestrafung für ihre Missetaten verlangte. Er wollte wirklich nicht gern in der Haut eines Serienkillers stecken. War er einer? Er hatte Marasa und dessen Diener sowie jede Menge weiterer Schurken getötet, Mörder, die die Justiz dieses Landes nach einer vorgetäuschten Untersuchung und einem Scheinprozess wieder auf die Straßen geschickt hätte. Einige Richter nutzten dies aus, um sich zu bereichern, ohne sich um die Gefahren für die Gesellschaft zu sorgen. Diese Nacht hatte er Landeng erschossen und sich zum Rächer aufgeschwungen, um den *bòkò* dafür büßen zu lassen, dass er ihm diese grässliche Strafe auferlegt hatte. Diesen tötenden *garde* in seinem Arm. Stimmte es, dass ihm nur noch einige Tage blieben, inzwischen waren es fünf, bis der Geist Besitz von seinem Willen ergriff und er, ohnmächtig wie in jenem Albtraum, sich dabei zusehen musste, wie er eine Frau enthauptete?

Es klopfte an der Tür. Ein diensthabender Polizist, Wachtmeister Patrick, trat ein, um ihm mitzuteilen, dass der Kommissar ihn sofort in seinem Büro sprechen wollte. Der Blick des jungen Wachtmeisters verriet dem Inspektor, dass es einen besonderen Grund für diese Vorladung gab. Wachtmeister Patrick hatte eben erst die Polizeischule abgeschlossen und hatte seine familiären Verbindungen spielen lassen, um diesem Kommissariat zugeteilt zu werden. Er wollte in einem Team mit Inspektor Dieuswalwe Azémar arbeiten. Das hatte dem Inspektor gefallen, aber zugleich wurde er in Gegenwart des jungen Polizisten ein Gefühl der Verlegenheit nicht los. Dieser erinnerte ihn an eine verstörende Episode seiner Laufbahn. Den Fall von Wachtmeister Colin, der auf der Treppe zu jenem Glück, das aus Illegalität und Korruption geschmiedet wird, alle Stufen auf einmal hatte nehmen wollen. Azémar räumte die Fotografien weg, kontrollierte den Sitz seiner Uniform und meldete sich dann bei seinem Vorgesetzten. Im Zimmer befand sich noch ein anderer Offizier. Der Inspektor kannte ihn nicht, aber er witterte, das war wie ein sechster Sinn, einen hochrangigen Angehörigen der Generalinspektion.

»Inspektor Azémar, setzen Sie sich«, begann Kommissar Dulourd, ohne ihm die Hand zu reichen.

Er setzte sich in Erwartung dessen, was folgen würde.

»Wo waren Sie gestern Nacht zwischen ein und drei Uhr morgens?«, fragte der Kommissar ohne Vorrede.

»Zu Hause«, antwortete der Inspektor und setzte eine überraschte Miene auf. »Ich wage nicht zu sagen, dass ich etwas getrunken hatte und in wenig empfehlenswerter Gesellschaft war.«

»Ihre bedauerlichen Laster sind uns bekannt«, griff der anwesende Offizier ein. »Kann jemand bezeugen, dass Sie zu dieser Zeit zu Hause waren?«

»Inspektor Garcia von der Generalinspektion«, bemerkte Kommissar Dulourd. »Wir haben eine üble Sache am Hals. Ein sehr mächtiger *bòkò* wurde auf dem Friedhof ermordet. Zeugen haben jemanden beschrieben, der eine gewisse Ähnlichkeit mit Ihnen hatte.«

»Eine gewisse Ähnlichkeit!«, wunderte Azémar sich. »Was heißt das?«

»Im Moment nichts«, seufzte der Kommissar.

»Sie haben meine Frage nicht beantwortet«, beharrte Inspektor Garcia.

»Die einzige Person, die zu meinen Gunsten aussagen könnte, ist eine Nutte, die ich betrunken aufgelesen habe, aber ich erinnere mich weder an ihr Gesicht noch an ihren Namen. Ich möchte darauf hinweisen, dass ich nicht im Dienst war.«

»Darf ich Ihre Finger untersuchen?«, fragte Inspektor Garcia, der auf dem Tisch des Kommissars eine Tasche öffnete.

»Bitte«, antwortete der Inspektor.

»Gefällt Ihnen Ihr ausschweifendes Leben?«, fragte Inspektor Garcia.

»Ich bin ein guter Polizist«, antwortete Dieuswalwe Azémar. »Darauf kommt es an.«

»Glauben Sie, dass Sie unserer Jugend ein gutes Beispiel geben?«

»Gibt es in unserem Land gute Beispiele für die Jugend?«, spottete Inspektor Azémar. »Ich kann als Entschuldigung meine Resultate vorweisen.«

»Die außergerichtlichen Exekutionen? Sind Sie stolz darauf?«

»Das sind unbewiesene Anschuldigungen«, behauptete Dieuswalwe Azémar, ohne mit der Wimper zu zucken.

»Wenn Sie so stolz auf Ihr Werk wären, dann müssten Sie sich dazu bekennen und nicht Ihre Energie damit vergeuden, der Gerechtigkeit zu entkommen.«

»Zu viele Delinquenten würden sich freuen, wenn Sie mich in den Knast befördern, Inspektor Garcia.«

Kommissar Dulourd hob die Hand, um die Diskussion zu beenden.

»Meine Herren Inspektoren, lassen wir das Palaver und gehen wir an die Arbeit. Inspektor Azémar, geben Sie mir Ihre Wohnungsschlüssel«, befahl der Kommissar. »Ich hoffe, Sie bestehen nicht auf einen Durchsuchungsbefehl, damit die Generalinspektion sich bei Ihnen umsehen darf.«

»Sie suchen die Beretta, aber sie werden sie nicht finden«, dachte der Inspektor. »Sie wollen mich einschüchtern. Sie wissen, dass der *soro* mich nicht so dämlich macht, dass ich die unerlässlichen Vorsichtsmaßnahmen vergesse, etwa Handschuhe zu tragen, damit man an meinen Fingern keine Schmauchspuren findet.« Er kramte seine Wohnungsschlüssel hervor und reichte sie dem Kommissar. Der Mann von der Generalinspektion strich mit einem Wattestäbchen über jeden von Dieuswalwe Azémars Fingern und verstaute das Stäbchen vorsichtig in einer Art Fläschchen aus Metall.

»Ich bin unschuldig schwarz wie ein sternen- und mondloser Himmel«, kicherte Inspektor Azémar. »Den Ausdruck ›weiß wie Schnee‹ finde ich in unserem Fall unpassend.«

»Wenn Inspektor Azémar in den Mord verwickelt ist, dann hat er sicher seine Vorkehrungen getroffen«, sagte Dulourd mit verärgertem Ausdruck.

»Irgendwann begeht jeder einen Fehler«, erwiderte der Offizier von der Generalinspektion.

»Warum hätte ich einen *bòkò* auf einem Friedhof ermorden sollen?«

»Wir kennen auch das Motiv für die Morde an Marasa und seinen Dienern bei den Stinkenden Quellen nicht«, konterte Inspektor Garcia. »Aber deswegen waren Sie es trotzdem.«

»Es gibt keinerlei Beweis, dass ich diese Verbrechen begangen haben soll«, protestierte Dieuswalwe Azémar. »Man hat es auf mich abgesehen, weil ich der beste Polizist dieses Landes bin.«

»Bescheidenheit ist nicht gerade Ihre Stärke«, antwortete der Offizier von der Generalinspektion. »Die Schlüssel des Inspektors bitte, Herr Kommissar. Ich muss meine Arbeit tun.«

Der Kommissar übergab sie ihm. Inspektor Garcia erwies den vorschriftsmäßigen Gruß, bevor er seine Mappe unter den Arm klemmte.

»Ich schicke Ihnen die Schlüssel noch heute Vormittag zurück. Die Gerechtigkeit wird Sie ereilen, Inspektor Azémar. Selbst wenn Sie der menschlichen Gerechtigkeit entgehen: Die Gerechtigkeit Gottes wird sie in die Hölle verbannen.«

Inspektor Garcia verließ das Zimmer, als hätte ihn seine letzte Tirade erleichtert. Das war jetzt schon das zweite Mal innerhalb weniger Stunden, dass ihm jemand einen Aufenthalt in der Hölle wünschte. Verdiente er es, für alle Zeiten und in Ewigkeit unter den Verdammten zu weilen? Ein Schauer lief ihm den Rücken hinunter. War er im Unrecht? Hatte er sich geirrt? Hätte er den moralischen Grundsätzen gehorchen und die Regeln der Institution, zu der er gehörte, einhalten müssen, auch wenn das darauf hinauslief, dass die Schurken und Abtrünnigen in diesem Land das Sagen hatten? Was er tat, war nur ein Tropfen und der Niedergang dieses Landes ein heißer Stein. Nichts hatte sich geändert. Er hatte Menschen umsonst das Leben genommen. Nein, schalt er sich. Jeder Einzelne musste den Traum von einer anderen Gemeinschaft, einem anderen Land hegen. Jedes Mal, wenn er durchgegriffen hatte, wenn er zum Arm der Gerechtigkeit geworden war in einem Land, in dem die Gerechtigkeit in den Schmutz gezogen wurde, hatte er mehreren Personen das Leben gerettet, Familien neue Hoffnung verliehen. Wenn die Hölle sein Lohn dafür war, dann würde er auf den Himmel pfeifen. Er hatte getan, was er für seine Pflicht hielt, und bereute es nicht.

»Waren Sie's?«, fragte Kommissar Dulourd und zeigte mit dem Finger auf den Inspektor.

»Wenn Sie den Mord auf dem Friedhof meinen, lautet meine Antwort nein.«

»Sie sind ein echter Fall, Inspektor Azémar. Kommissar Solon, der sich unter noch nicht geklärten Umständen das Leben genommen hat, hat seine Hand über Sie gehalten. Ich weiß nicht, ob ich das kann.«

Er verjagte eine Fliege, die zu nah an seinem Gesicht herumschwirrte. Inspektor Azémar bemerkte, dass auch im Büro des Kommissars die Klimaanlage nicht funktionierte.

»Wie weit sind Sie mit Ihren Ermittlungen über die Morde an den *kaka-kleren*?«, fragte Kommissar Dulourd unvermittelt.

»Keine Spur«, gab Dieuswalwe Azémar zu. »Aber ich werde eine finden.«

»Sie haben Besseres zu tun, als nach jemandem zu suchen, der uns ein paar katzenfressende Alkoholiker vom Hals schafft. So was ist doch eh für die Katz, die Republik hat anderes zu tun.«

»Was?«, fragte Inspektor Azémar arglos.

Kommissar Dulourd reichte ihm mit einem grundlosen, etwas verlegenen Husten eine einfache Visitenkarte.

»Sie tun mir damit einen großen Gefallen, Inspektor Azémar. Sie werden mir das bestimmt nicht abschlagen.«

»Ich stehe in Ihrer Schuld, Herr Kommissar.«

»Das ist eine Freundin. Eine Dame aus der High Society. Stinkreich. Mademoiselle Rose Marie Adeline Lebrenier. Sie geht bei allen Großen dieses Landes ein und aus. Ein Vermisstenfall. Sie will in dieser Sache nicht die Polizei einschalten. Die Leute aus diesen Kreisen wollen auf keinen Fall, dass jemand ihre Geheimnisse erfährt.«

»Was erwarten Sie von mir, Herr Kommissar?«

»Dass Sie sie besuchen. Sie sind trotz allem der intelligenteste Beamte in der Polizei. Vielleicht können Sie ihr Problem lösen.«

»Eine Entführung?«

»Nein, ich sagte doch ein Vermisstenfall. Es gab keine Lösegeldforderung. Mehr sage ich Ihnen nicht. Fahren Sie noch heute zu ihr, sie erwartet Sie. Sonst geht Mademoiselle Lebrenier mir noch ewig auf den Sack. Ein Hormonschub, und sie ist imstande, das Führungskommando der Police Nationale hochgehen zu lassen.«

Dieuswalwe Azémar begriff, dass die Unterhaltung beendet war. Er grüßte seinen Vorgesetzten mit der Karte in der Hand. Als er gerade das Zimmer verließ, rief der Kommissar ihm nach:

»Vergessen Sie Ihren Killer eine Weile. Das hier ist dringend.«

Die Haltung des Kommissars befremdete ihn. Er hatte eine Art Zwiespalt zwischen zwei Sätzen seines Vorgesetzten bemerkt. Die beiden Aussagen schienen überhaupt nicht zueinander zu passen: »Sie tun mir damit einen großen Gefallen, Inspektor« und »Sonst geht Mademoiselle Lebrenier mir noch ewig auf den Sack.« Der zweite Satz klang für ihn falsch. Als sollte er den wahren Grund für die Bitte des Kommissars verbergen. Im ersten Satz hatte der Inspektor eine Art drängenden Ton wahrgenommen, und am Ende des Gesprächs hatte der Kommissar ihm bestätigt, dass sein Spürsinn sich nicht getäuscht hatte.

*

Mademoiselle Lebrenier wohnte in einem Höhenstadtteil, wo man eine Frau ihrer gesellschaftlichen Stellung nicht erwartet hätte. Die Straße, die dorthin führte, hatte von den letzten Sturzregen eine Kuhle in der Mitte und führte an Reihen von Häusern aus Beton mit schmiedeeisernen Gittern vor den Fenstern vorbei, als wollte sich die Bevölkerung vor irgendwelchen Ungeheuern schützen, die bei erster Gelegenheit über sie herfallen könnten. Die Bürgersteige waren größtenteils von verschiedenen Verkaufsauslagen besetzt: Gebrauchtkleidung, Fast-Food unter freiem

Himmel, Telefone, Haushaltsgeräte, Möbel, Lotterielose usw. Hinter den Häusern am Rand der Straße waren die Wellen von Slums zu sehen, die sich in die Schluchten ergossen oder die fast kahlen Hänge emporstürmten, und hier und dort einige Oasen, vermutlich Wohnkomplexe, vermietet an Angestellte von NGOs oder Techniker von ausländischen Firmen, die in diesem Land des Elends trotz allem auf ihre Kosten kamen.

Zwei Sicherheitsleute öffneten die Flügel eines großen Holztors im Kolonialstil, nachdem sie die Identität von Inspektor Dieuswalwe Azémar überprüft hatten. Er fuhr anschließend über einen baumbestandenen Hof und parkte vor einem Wohnhaus, das, nach der Architektur zu schließen, vom Anfang des letzten Jahrhunderts stammte. Ein *gingerbread*, wie es nur noch sehr wenige gab, und sicherlich nur dank dem Reichtum der Besitzerin so gut erhalten. Ein Haus, das man in diesem Viertel nicht erwartete. Die Mauern des Anwesens verbargen die verzweifelte Armut der Bevölkerung. Jene Armut, die die Erwählten dieser Erde nicht kannten oder nicht zu sehen vorgaben. Eine Nische des Komforts inmitten der Hölle. Inspektor Dieuswalwe Azémar konnte sich nicht genug über die Arroganz und die Gedankenlosigkeit der Reichen wundern, die doch von sämtlichen Schmerzen, sämtlichen Frustrationen belagert wurden. Aus einem Hummer-Jeep stieg ein Mann, ein Mulatte in Anzug und Krawatte. Er kam zum Wagen des Inspektors und wartete, bis dieser ausgestiegen war.

»Sind Sie Inspektor Dieuswalwe Azémar?«, fragte er, nachdem der Inspektor die Tür seines alten Nissan geschlossen hatte.

»Der bin ich«, antwortete der Polizist.

»Ich bin Pietro«, stellte er sich vor. »Ich verwaltete die Angelegenheiten von Mademoiselle Lebrenier.«

Der Mann machte keinen guten Eindruck auf den Inspektor. Durch die Art, wie er den Polizisten musterte, bedeutete er ihm, dass er hier nicht willkommen war. Er hatte etwas Öliges, Zwielichtiges. Die Art Leute, die in der Lage war, einem nach dem Mund zu reden, um zu erreichen, was sie wollte.

»Folgen Sie mir. Mademoiselle Lebrenier erwartet Sie.«

Er führte den Inspektor in einen Salon, der auf einen vom

Gebäude umschlossenen Garten hinausging. Azémar nahm einen angenehmen Eukalyptusduft wahr, konnte den Baum von dort, wo er stand, jedoch nicht sehen. Eine nicht mehr junge und noch nicht alte Frau kam in einem Rollstuhl, den sie geschickt handhabte, auf ihn zu.

»Willkommen bei mir, Inspektor Azémar.«

»Guten Abend, Mademoiselle Lebrenier. Erlauben Sie, dass ich meine Brille aufbehalte.«

»Ihr Schielen stört mich nicht. Der Kommissar hat mir davon erzählt. Ich sehe lieber die Augen der Leute, mit denen ich zu tun habe.«

Der Inspektor nahm die Brille ab. Wenn der Anblick seiner Augen Mademoiselle Lebrenier überraschte oder verlegen machte, so ließ sie es sich nicht anmerken.

»Nehmen Sie Platz. Einen Kaffee? Es sei denn, Sie bevorzugen etwas Alkoholisches. Ich habe Whisky oder Rum.«

»Einen Rum pur«, entschied sich der Inspektor.

Sie gab Pietro, der in einer Pose wie ein Zerberus unbeweglich auf der Schwelle stand, ein Zeichen. Er brachte eilig eine Flasche Rum und ein Glas.

»Ich danke Kommissar Dulourd, dass er meine inständigen Bitten erhört und mir einen so gerissenen Ermittler wie Sie geschickt hat, Inspektor Azémar.«

»Ich werde alles tun, was in meiner Macht steht, Mademoiselle Lebrenier.«

»Kommissar Dulourd hat mir gesagt, dass es sich um einen Vermisstenfall handelt«, begann der Inspektor, während er sein Glas füllte. »Näheres wollte er mir nicht mitteilen.«

Mademoiselle Lebrenier unterdrückte ein Schluchzen. Sie nahm ein Taschentuch und wischte sich die Tränen von den Wangen.

»Fünf Tage ist Georges jetzt schon verschwunden.«

Sie schrie auf:

»Mein Georges!«

Diesmal weinte sie. Inspektor Dieuswalwe Azémar fühlte sich unbehaglich. Er war nicht sehr gut darin, Menschen in ihrem Schmerz, ihrer Not zu trösten. Der Zerberus in Anzug und

Krawatte kam dem Polizisten zu Hilfe. Er setzte sich neben die Frau, nahm sie in die Arme und wischte ihr mit seinem eigenen Taschentuch das Gesicht ab.

»Beruhige dich, Adeline. Inspektor Azémar wird Georges wiederfinden. Wenn der Kommissar ihn dir empfohlen hat, dann ist er dazu fähig.«

»Danke, Pietro ... Was wäre ich nur ohne dich.«

Als sie sich beruhigt hatte, stand der Zerberus auf und kehrte an seinen Platz zurück, als wäre nichts geschehen. Die beiden hatten ja ein äußerst seltsames Verhältnis zueinander, dachte der Inspektor mehr gelangweilt als interessiert. Er trank sein Glas in einem Zug aus. Der Magen kam ihm hoch. Rum konnte es mit *soro* niemals aufnehmen, aber vor einer Dame der feinen Gesellschaft *soro* zu trinken, war geeignet, seinem Image zu schaden.

»Mademoiselle Lebrenier, wer ist Georges?«

»Georges ist mehr als mein Sohn, Inspektor«, sagte die Frau schniefend. »Für eine Frau ohne Kinder war das ein Geschenk des Himmels.«

»Eine Adoption?«

»Ja. Seit sieben Jahren leistet er mir nun Gesellschaft. Man hat ihn hierhergebracht, als er kaum drei Monate alt war. Er hat mein Leben erhellt. Ich hätte nie geglaubt, dass das möglich ist, nach dem, was mir passiert ist.«

Sie schüttelte den Kopf wie jemand, der böse Erinnerungen verscheuchen will.

»Sie sind nicht hier, damit ich Ihnen mein Leben erzähle. Finden Sie Georges, das ist es, was ich von Ihnen erwarte.«

»Sie sagten, er sei vermisst. War es keine Entführung?«

»In diesem Fall hätten die Entführer sich gemeldet und Lösegeld gefordert.«

»Wie alt ist Ihr Sohn?«

»Fast acht Jahre. Er fehlt mir so sehr«, schluckte Mademoiselle Lebrenier. »Wenn er stirbt, weiß ich nicht, was aus mir werden soll.«

»Erzählen Sie mir, wie er verschwunden ist.«

»Er war kein Streuner, Herr Inspektor. Deswegen macht sein Verschwinden mir Sorge. Er war immer bei mir oder im Hof. Er hat in meinem Zimmer geschlafen. Die Sicherheitsleute sind sieben Tage die Woche da. Vor fünf Tagen bin ich wie üblich zur Messe gegangen. Bei meiner Rückkehr war er nicht mehr da.«

»Wer war beauftragt, ihn während Ihrer Abwesenheit zu beaufsichtigen?«

»Pietro natürlich. Und die Haushälterin auch. Diese zwei Personen haben mein absolutes Vertrauen. Sie haben dann erst bemerkt, dass er nicht mehr da war. Alle waren so traurig. Ich hatte alle Mühe, sie zu trösten, vor allem Pietro. Er ist so sensibel.«

»Er kann nicht einfach so verschwunden sein. In Ihrer Abwesenheit ist niemand hier eingedrungen. Wenn ich recht gesehen habe, gibt es nur einen Eingang. Ihre Sicherheitsleute sind sonntags auf ihren Posten. Haben die nichts gesehen?«

»Absolut nichts«, sagte Mademoiselle Lebrenier. »Und sie wissen, wie sehr ich an Georges hänge.«

»Könnte ich ein Foto von Georges haben?«

»Natürlich«, antwortete Mademoiselle Lebrenier.

Sie drehte sich nach dem Zerberus Pietro um.

»Bring mir bitte ein Foto von Georges.«

Der Zerberus verschwand und kam sofort mit einem Umschlag zurück, den er Mademoiselle Lebrenier reichte.

»Danke, Pietro.«

Sie nahm mehrere Aufnahmen heraus, wählte eine aus und reichte sie dem Inspektor.

»Das ist mein Georges«, sagte sie. »Schauen Sie, wie schön er ist!«

Dem Inspektor verschlug es die Sprache. Georges! Ein Kater! Ein prächtiger schwarzer Perser!

»Das ist ein Scherz«, stotterte Azémar.

Er war aufgestanden, beleidigt, erbost. Jetzt verstand er die Worte von Kommissar Dulourd: »Das ist für die Katz, Inspektor Azémar.« Selbst jemand mit so wenig Humor wie Dulourd konnte in diesem Fall leicht Wortspiele machen.

»Man macht sich nicht so über die Leute lustig«, knurrte der Inspektor mit zusammengebissenen Zähnen. »Wenn es nur nach mir ginge, würde ich Sie wegen Beleidigung eines Polizeibeamten festnehmen. Deswegen wollte Kommissar Dulourd die Katze nicht aus dem Sack lassen. Ihre kann meinetwegen im Kochtopf von irgendeiner Katzenfresserbruderschaft landen.«

Mademoiselle Lebreniers Pupillen leuchteten einen Moment gefährlich auf. Sie griff in eine Tasche ihrer Jacke und zog ein Scheckbuch hervor.

»Fünfzehntausend US-Dollar jetzt sofort, wenn Sie bereit sind, Georges zu suchen, und weitere fünfzehntausend, wenn Sie ihn wiederfinden.«

Er war bereits auf dem Weg nach draußen, bereit, seine Waffe sehen zu lassen, wenn Pietro die Tür nicht freigab, denn der Zerberus stand mitten auf der Schwelle, um klarzustellen, dass ohne seine Erlaubnis kein Durchkommen war. Die letzten Worte der Hausherrin brachten ihn zum Stehen, als hätte sich eine Hand autoritär auf seine Brust gelegt, damit er keinen Schritt mehr machte. Fünfzehntausend Dollar! In seiner gesamten Laufbahn hätte er sich nie träumen lassen, eine solche Summe in Händen zu halten. Die meisten Kameraden aus seinem Abschlussjahrgang schoben eine ruhige Kugel, obwohl sie weniger begabt waren. Sie hatten sich bequem in der Korruption eingerichtet. Ihm hatte man nie die sogenannten lohnenden Fälle anvertraut: Drogen! Schmuggel! Die Sicherheit bestimmter politischer Betrüger, die gerade Konjunktur hatten, oder von Mitgliedern der hohen Bourgeoisie, die hinter zugezogenen Gardinen über das Schicksal der Republik entschieden! Und noch anderes mehr. Man hatte ihm immer misstraut. Schon sehr früh hatte er sich nie mit bestimmten Gruppen und bestimmten bekannten Personen einlassen wollen, die ihm ungeniert Angebote gemacht hatten. Fünfzehntausend Dollar! Das war verlockend. So oder so: In den fünf Tagen war der Kater bestimmt gegessen worden, auch wenn er ein Perser war. Er würde der Form halber ermitteln, denn er war ein ehrlicher Polizist. Die übrigen fünfzehntausend Dollar würde er nie zu sehen bekommen, aber das war schon mehr als genug. Bei seinem mageren Gehalt musste er sich die paar Dollar, die er seiner Tochter in die Vereinigten Staaten schickte, vom Mund absparen. Er kehrte zurück und setzte sich Mademoiselle Lebrenier gegenüber.

»Ich tu's Kommissar Dulourd zuliebe«, behauptete er, immerhin verlegen, mit schwerer Zunge.

»Ich verstehe«, antwortete Mademoiselle Lebrenier ironisch mit einem unbestimmt verächtlichen Lächeln auf den Lippen.

»Sie heißen Dieuswalwe Azémar, oder?«

Er buchstabierte seinen Namen.

»Dieuswalwe mit zwei W bitte«, insistierte er. »Das ist mir wichtig.«

Sie unterschrieb den Scheck und reichte ihn dem Polizisten. Dieser prüfte ihn mit klopfendem Herzen. Er konnte es nicht glauben. So viel Geld! Er musste rasch zur Bank, um sich zu vergewissern, dass alles korrekt war. Er traute diesen Leuten aus der Bourgeoisie nicht. Mademoiselle Lebrenier schien seine Gedanken zu erraten:

»Keine Sorge, der Scheck ist gedeckt. Sie beleidigen mich, wenn Sie mir unterstellen, ich wollte unseren berühmtesten Polizisten übers Ohr hauen.«

»Ich und berühmt!«, lächelte Dieuswalwe Azémar.

»In der Polizei ist nur von Ihnen die Rede. Was möchten Sie über Georges wissen, um mit den Ermittlungen zu beginnen?«

»Geben Sie mir einfach nur ein Foto.«

Sie gab ihm das Gewünschte. Er stand auf, um sich zu verabschieden.

»Ich melde mich, wenn es nötig ist.«

Madame Lebrenier faltete sichtlich zufrieden die Hände und senkte den Kopf.

»Pietro! Begleite den Inspektor zu seinem Auto.«

Der Inspektor ging an dem Zerberus vorbei, der beiseitegetreten war. Pietro folgte ihm wortlos. Bevor Azémar die Tür seines alten Nissan öffnete, wandte er sich dem Faktotum der Hausherrin zu, das ihn mit völlig ausdruckslosem Gesicht musterte.

»Ihre Chefin hängt wirklich an ihrem Kater. Warum?«

»Sie haben Ihr Geld, begnügen Sie sich damit.«

»Die Sache ist fünf Tage her. Glauben Sie nicht, dass Georges inzwischen gegessen wurde?«

»Wenn Sie das glauben, warum haben Sie dann das Geld von Mademoiselle Lebrenier genommen? Haben Sie nicht genug Geld, um ihren *soro* zu bezahlen?«

Beinahe hätte der Inspektor Pietro eins in die Fresse gegeben, aber er hielt es für besser, die Beziehungen zu Mademoiselle Lebrenier nicht zu belasten.

»Wenn sie Sie dafür bezahlt hat, dass Sie ihn wiederbringen, dann ist sie der Meinung, dass Georges noch am Leben ist«, fuhr Pietro angesichts des zornig schweigenden Inspektors fort.

»Warum sollte sie das annehmen?«

»Diese Frage hilft Ihnen nicht dabei, das Tier zurückzubringen.«

Punkt für Pietro, gab der Inspektor zu. Er setzte sich ins Auto und beugte sich zu dem Zerberus hinaus:

»Und wenn ich den Kater nicht wiederfinde?«

»Ich bezweifle, dass Sie ihn wiederfinden, und es ist mir auch total wurscht. Aber Sie sind keiner, der sich fünfzehntausend Dollar entgehen lässt, wenn die Sache vollkommen legal ist.«

Dem Mann schien nicht allzu viel an einer Rückkehr von Georges gelegen zu sein, begriff der Inspektor. Er startete den Motor seines alten Autos. Eine vollkommen legale Sache, dachte er. Ich hoffe für dich und Mademoiselle Lebrenier, dass sie legal ist. Dreißigtausend Dollar für eine Katze. Dieser Georges ist ganz schon wichtig.

»Darf ich Ihnen meinerseits eine Frage stellen?«, bat Pietro mit der Hand auf dem Türgriff des Wagens.

»Bitte«, antwortete der Inspektor, der sich bemühte höflich zu bleiben.

»Sie sind als Alkoholiker bekannt. Essen Sie Katzen?«

»Nein«, erwiderte der Inspektor. »Sie haben Grund zur Sorge. Wenn ich ihn wiederfinde, ist Georges in Sicherheit.«

»Sie gehen von falschen Annahmen aus«, sagte Pietro.

Er drehte sich um und kehrte zu seinem Hummer-Jeep zurück.

»Keineswegs«, grummelte Azémar in sich hinein. »Ich weiß noch nicht warum, aber du willst nicht, dass der Kater wiedergefunden wird.«

*

Als Polizeibeamter kam Dieuswalwe Azémar in seiner Bank rasch an die Reihe. Er musste jedoch ein Formular ausfüllen, um die Herkunft des Geldes zu erklären, das er auf sein Konto einzahlte. Es war das Standardverfahren für Beträge über zehntausend US-Dollar. Um die Geldwäsche zu bekämpfen, hieß es. Reiner

Papierkram, dachte der Inspektor. Überall im Land wurde munter Geld gewaschen, zumal kein Staat Fragen zu den illegalen Bereicherungspraktiken zahlreicher Bürger stellte. Er trug »Zahlung für private Ermittlungen« in das Formular ein und sagte sich, dass er durchaus das Recht habe, für eine private Konsultation in einem Vermisstenfall Geld zu nehmen, auch wenn es sich um einen Kater handelte.

Anschließend kehrte er in sein Büro zurück, nachdem er bei einer hervorragenden *kleren*- und *tranpe**-Lieferantin vorbeigefahren war, die er vor einer Woche in der Nähe der vom Erdbeben zerstörten Kathedrale entdeckt hatte. Die Reparateure von Telefonen und sonstigen elektronischen Geräten, die in diesem Viertel tätig waren, waren eine hervorragende Kundschaft. Er fühlte sich leicht und glücklich, nachdem er das Getränk genossen hatte, vor allem mit einem so interessanten Betrag auf seinem Konto. Er träumte nicht. Er hatte längst die Hoffnung aufgegeben, einmal eine solche Summe zu besitzen. Als ehrlicher Mensch in diesem Land machte er sich keine Illusionen. Jemand trat ein, ohne anzuklopfen, er hatte gerade genug Zeit, sein Sparbuch in einer halb offen stehenden Schublade verschwinden zu lassen. Es war Kommissar Dulourd. Der Inspektor erhob sich, um seinen Vorgesetzten zu grüßen.

»Sie sind hierhergekommen, während Sie nicht da waren, Inspektor«, informierte ihn der Kommissar.

»Wer?«, fragte Dieuswalwe Azémar.

»Die Leute, die Sie niemals in Ruhe lassen werden. Die Freunde von Marasa und jetzt die von Landeng.«

Der Kommissar seufzte und ließ sich in einen Sessel fallen.

»Aber nehmen Sie Platz ... Sie suchen Ihresgleichen, wenn es darum geht, sich in die Bredouille zu bringen.«

»Ich habe damit nichts zu tun«, protestierte der Inspektor, während er sich setzte.

Der Kommissar winkte müde ab.

»Ich weiß, dass Sie es waren, Inspektor Azémar. Jeder weiß, dass Sie es waren, aber wir haben keine Beweise, um Sie zu Fall zu bringen. Diese Leute aber brauchen keine Beweise. Sie sollten sich besser in Acht nehmen.«

Er zeigte mit dem Finger auf den Inspektor.

»Und wechseln Sie die Waffe. Marasa, Landeng, Raskolnikow und die anderen, das ist zu viel.«

Dieuswalwe Azémar schwieg. Er wartete darauf, dass Kommissar Dulourd auf den wahren Grund für seinen Besuch zu sprechen kam.

»Waren Sie bei Mademoiselle Lebrenier?«

»Ich habe mit ihr gesprochen. Sie hätten mir sagen können, dass es um einen Kater geht.«

»Dann hätten Sie nicht akzeptiert.«

»Warum glaubten Sie, dass ich so akzeptieren würde?«

»Mademoiselle Lebrenier ist sehr großzügig. Mit Ihrer Tochter im Ausland brauchen Sie dringend Geld. Sagen Sie, werden Sie dieses Tier suchen, oder reicht Ihnen die erste Zahlung?«

»Ich bin ein ehrlicher Polizist, Herr Kommissar«, erinnerte ihn der Inspektor ein wenig verstimmt über die Frage seines Vorgesetzten. »Ich werde mein Möglichstes tun, um diesen Kater wiederzufinden, wenn er noch lebt.«

Der Kommissar stand auf, er wirkte erleichtert.

»Sie erstaunen mich immer wieder, Inspektor. Tun Sie Ihr Möglichstes. Finden Sie mir diesen Kater wieder. Aber einstweilen macht das fünfundzwanzig Prozent.«

»Fünfundzwanzig Prozent!«, wunderte sich Dieuswalwe Azémar.

»Das ist die Regel, wenn ich jemandem zu einem interessanten Geschäft verhelfe. Ich weiß, dass Mademoiselle Lebrenier Ihnen einen Scheck über fünfzehntausend US-Dollar ausgestellt hat.«

Er reichte dem Inspektor einen Zettel.

»Hier. Meine Bank und meine Kontonummer. Überweisen Sie den Betrag. Das ist eine Frage des Prinzips. Schönen Tag, Inspektor.«

Er verließ das Büro des Inspektors, der versteinert in seinem Sessel saß, den Zettel in der Hand. Warum hatte der Kommissar gesagt »Finden Sie mir diesen Kater«, als müsste er, Dulourd, ihn dringend wiederfinden?

*

Der Inspektor blieb bis zu später Stunde in seinem Büro. Er breitete auf seinem Schreibtisch noch einmal die Fotos von den Morden an katzenessenden *kaka-kleren* aus den letzten sieben Monaten aus und auch die verschiedenfarbigen Pappkarten, auf denen er, um sie in Erinnerung zu behalten, all seine Eindrücke und Detailbeobachtungen bis hin zu den nebensächlichsten Bemerkungen über einen Fall notiert hatte, der ihn in höchstem Maße betraf. Er hatte mit seiner neuen *soro*-Lieferantin darüber diskutiert. Der Killer, der *kleren*-Liebhaber angriff, verbreitete Angst. Was war, wenn er beschloss, sich diejenigen vorzunehmen, die *kleren* oder *tranpe* auf den Straßen oder in Läden verkauften? Man traf sich nicht mehr bei einem Glas Schnaps zu einer Partie Domino oder *bésigue**, um Gitarre zu spielen, über Politik zu reden oder über die Frauen herzuziehen, wie man es in diesen allzu machistischen Kreisen gern tat. Diejenigen, die ihrer Angst trotzten, vor allem, weil sie sich ein Leben ohne Alkoholkonsum am Spieltisch nicht vorstellen konnten, organisierten sich, um für ein Mindestmaß an Sicherheit zu sorgen. Es wurde empfohlen, nicht mehr allein nach Hause zu gehen. Man musste immer von jemandem begleitet werden, ansonsten suchte man besser Unterschlupf bei einem Kameraden, um sich sicher mit *kleren* volllaufen zu lassen. Einsam zu trinken, war für viele dieser Männer nicht vorstellbar. Die Anwesenheit der Freunde, die *odyans**, die Scherze, die Kartenspiele, die Dominopartien, bei denen man die Steine mit Wucht auf den Tisch knallte, um einen *dékabès** anzukündigen, waren nicht zu ersetzen. Er, Dieuswalwe Azémar, hatte gelernt, allein zu trinken. Es war eine Notwendigkeit gewesen. Er war Polizist, und da er sich obendrein weigerte, sich mit den Netzwerken einzulassen, die die meisten seiner Jahrgangskameraden geködert hatten, musste er auf der Hut sein. Vor Gift zum Beispiel, das oft Störenfriede zum Schweigen brachte, die die Spielregeln ablehnten. Im Büro war sein Alkoholismus allgemein bekannt. Es war ein abgedroschener Scherz, jeden Neuankömmling zu warnen, dass man in Gegenwart des Inspektors kein Feuer machen dürfe: Voll mit Ethanol, wie er war, könnte er explodieren.

Inspektor Dieuswalwe Azémar räumte die Fotos und Pappkarten entmutigt weg. Der Killer entzog sich ihm bislang. Ein heftiger Schmerz fuhr ihm ausgehend von der Stelle, an der Landeng ihm den *garde* eingepflanzt hatte, durch den Arm. Der Stich ging durch seine Brust und warf ihn, unfähig zu schreien, auf den Tisch. Er befand sich in seinem Albtraum, den Griff der Machete in beiden Händen, bereit die kniende Frau zu enthaupten, die ihn anflehte, sie zu verschonen. Er kämpfte verzweifelt, aber er war nur noch der Zuschauer einer Hinrichtung, die er selbst vollzog. Dann kam er wieder zu sich und fuhr hoch, verschwitzt, kurzatmig mit einer Migräne, die seine Schläfen in ihrem Schraubstock hielt. Er stand auf und öffnete eine Schublade, um die Flasche *soro* herauszuholen, die er dort versteckte, die er jedoch in seiner Abwesenheit nie dort zurückließ. Wieviel Zeit blieb ihm laut Landeng? Jetzt noch fünf Tage, bis diese Wesenheit, dieser Geist Besitz von seinem Körper ergriff und der Albtraum sich in der Wirklichkeit breitmachte. Es sei denn, er fand ein Mittel, den *garde* loszuwerden. Wie hieß er noch? Loko! Der Inspektor hatte es schon mit einem Messer versucht. Unmöglich. Sobald die Klinge sich der Haut näherte, gehorchte seine Hand den Befehlen seines Gehirns nicht mehr. Er hatte einen befreundeten Arzt und sogar zwei *oungan** kontaktiert, die man ihm empfohlen hatte. Niemand hatte sich bei diesem Abenteuer weiter vorwagen wollen, denn der *garde* machte sich dadurch bemerkbar, dass er demjenigen, der ihn entfernen wollte, einen Schmerz wie einen Messerstich zufügte, einen Messerstich in den Bauch, um genau zu sein. Allen Spezialisten zufolge war Loko, einmal eingepflanzt, nicht mehr loszuwerden.

Er trank den Rest *soro* und schob sich den Flachmann in die Hosentasche, dann verließ er das Büro und schloss die Tür ab, bevor er zu seinem Auto auf den Parkplatz ging. In Port-au-Prince kehrte die übliche Ruhe des frühen Abends ein. Die Hauptstadt war entleert, die Menschenmassen hatten sich in die Vororte zurückgezogen, um am nächsten Tag zurückzufluten, sobald die Sonne aufging. Der Inspektor fuhr langsam, denn er hatte es nicht besonders eilig, nach Hause zu kommen. Er wunderte sich, wie gelassen er war. Etwa, weil er überzeugt war, dass er sich Landengs Rache nicht entziehen konnte? Er wusste nur, dass er sich niemals in der Hölle in die Kohorten der Verdammten einreihen würde, von denen der *bòkò* gesprochen hatte. Ihm blieben einige Tage, um eine Lösung für dieses vertrackte Problem zu finden. Bis dahin musste er an Mireya denken. Es war ein verdammtes Glück, dass der Kommissar ihm die Mittel an die Hand gab, seiner Tochter im Ausland zu helfen. Wenn er den Kater von Mademoiselle Lebrenier wiederfand, würde er weitere fünfzehntausend Dollar erhalten, von denen freilich fünfundzwanzig Prozent für den Kommissar abgingen. Er musste sich noch an diesem Abend in der Nachbarschaft von Mademoiselle Lebrenier umsehen. Zuvor würde er nach Hause gehen, um Zivil anzuziehen. Wenn er den immerhin dämlichen Fall rasch in Angriff nahm, würde das in dieser Nacht den Moment des Einschlafens hinauszögern, in dem er den blutigen Albtraum nicht mehr vermeiden konnte.

Er war im Begriff zu parken, als er bemerkte, dass die Frau, die sonst auf dem Bürgersteig unter einem großen, zurzeit blühenden Flammenbaum frittierte Speisen verkaufte, nicht da war. Der Herrenfrisörsalon war geschlossen, obwohl er normalerweise bis spätabends offen hatte. Er hatte dort zweimal mit der Waffe in der Hand erscheinen müssen, damit die draußen aufgestellten Lautsprecher mit ihrer dröhnenden Musik hereingeholt und auf eine akzeptable Lautstärke geregelt wurden. Als der Inspektor die zwei Motorräder sah, die an der Kreuzung kehrtmachten und auf ihn zukamen, überlegte er keine Sekunde. Das rettete ihm das Leben. Er drückte sich flach auf die beiden Vordersitze, während die Fensterscheiben des Nissan unter den drei Salven der automatischen Waffen zersprangen, öffnete die Beifahrertür und ließ sich, den Smith-and-Wesson-Dienstrevolver in der Hand, in das schlammige Wasser des Rinnsteins fallen. Die Killer hätten zurückkehren können, um sich zu vergewissern, dass der Job erledigt war, aber Dieuswalwe Azémar bezweifelte es. Sie würden kein Risiko eingehen, denn es bestand die Möglichkeit, dass er noch am Leben war. Angesichts seines Rufes waren die, die gerade seinen alten Nissan unter Feuer genommen hatten, sicher vorsichtig. Er blieb etwa zehn Minuten hinter seinem Wagen liegen, alle Sinne in Alarmbereitschaft. Die Schießerei hatte das Viertel und seine Umgebung in verschreckte Stille getaucht. Der Stromausfall steigerte die Angst der Anwohner bestimmt noch.

Als keine Gefahr mehr bestand, erhob sich der Inspektor, war aber bereit, auf jede Bedrohung zu reagieren. Sein *soro*-Konsum hatte seine Qualitäten als Eliteschütze kaum beeinträchtigt. Niemand zu sehen. Er beging nicht den Fehler, die Lampe seines Mobiltelefons einzuschalten, um die Schäden an seinem alten Auto zu begutachten, das ihm möglicherweise gerade das Leben gerettet hatte. Sein Nissan war über dreißig Jahre alt. Die Karosserie der Autos aus dieser Zeit bestand noch aus echtem Metall.

Wer steckte hinter diesem Mordversuch? Nicht die Brasilianer. Sie würden dieses Risiko nicht eingehen. Es hatte auch nichts mit diesem blödsinnigen, aber lukrativen Katzenfall zu tun. Der Inspektor war betrübt darüber, dass er nun einen Teil des Geldes für die Reparatur seines Wagens verwenden musste. Er hatte eine sentimentale Anhänglichkeit zu seiner Karre, und außerdem war das immer noch billiger als der Kauf selbst eines Gebrauchtwagens. Blieb noch eine letzte Möglichkeit, ein Racheakt für den Tod Landengs. Als er diesen Magier vom Leben zum Tode gebracht hatte, hatte er sich gewaltig verrechnet. Er musste aufpassen, dass er bei dieser Geschichte, die sich hinzog, seit er bei den Stinkenden Quellen einen anderen Hexer und einige seiner Diener erschossen hatte, nicht draufging.

Der Inspektor stieg rasch, immer noch in Alarmbereitschaft, die Treppe hoch, ging in seine Wohnung, schloss die Tür sorgfältig ab und aktivierte im Vorbeigehen einige persönliche Gimmicks, die er sich ausgedacht hatte, um nicht überrascht zu werden, wenn ein Besucher mit schlechten Absichten sich in seine Wohnung schlich. War es die Müdigkeit, der *soro* oder einfach der Schock über die brutale Attacke? Er ließ sich auf sein Bett fallen. Dennoch hatte er immer noch den Gedanken, einen Rundgang durch das Viertel von Mademoiselle Lebrenier zu machen, um einige Fragen über den vermissten Kater zu stellen. Er wusste noch nicht, wie er es anfangen sollte, aber ihm würde schon etwas einfallen. Wegen des Albtraums, in dem er verzweifelt gegen die mörderische Besessenheit ankämpfen musste, fürchtete er sich vor dem Einschlafen. Er hatte den feindlichen Willen immer besiegt, bis letzte Nacht die Klinge den Kopf abgeschlagen hatte. Schockiert und überzeugt, dass er diese Szene bald in der Wirklichkeit erleben würde, hatte er Landeng angefleht, ihm dieses Ding aus dem Arm zu nehmen. Da der Hexer abgelehnt hatte, hatte er ihn erschossen. Würde Landeng, nun, da er in der Hölle war, das Vergnügen haben, der Erfüllung seiner Rachgelüste beizuwohnen? Der Inspektor stürzte in eine Art dunklen Tunnel. Er schlief ein.

TAG 2

Sein Schlaf wurde von keinem Albtraum gestört. Er erwachte vom Gesang seines Mobiltelefons. Er hatte den Klingelton so programmiert, dass er anzeigte, wenn seine Tochter Mireya anrief. Es war schon fast hell. Er musste über sechs Stunden geschlafen haben. Schwankend griff er sich eilig das Handy.

»Mireya! Geht's dir gut?«

»Du fehlst mir, Papi Dieuswalwe. Wann kommst du mich besuchen?«

Es zerriss ihm das Herz. Er spürte ein Schluchzen in seiner Kehle.

»Ich verspreche dir, so bald wie möglich zu kommen.«

»Ich weiß, Papi Dieuswalwe.«

»Ich existiere für dich. Um dich glücklich zu sehen. Also lebe für mich. Sei glücklich für mich.«

»Fern von dir kann ich nicht glücklich sein, Papi Dieuswalwe.«

»Mireya! Deine Abreise war wichtig. Für unser beider Sicherheit. Ich hab's dir doch erklärt.«

»Isst du wenigstens, Papi Dieuswalwe?«

»Ja, ich esse, meine Tochter.«

»Trinkst du weiterhin?«

Er konnte ein Lächeln nicht unterdrücken.

»Weniger als vorher. Bald gar nichts mehr.«

»Jetzt lügst du. Du darfst deine Tochter nicht belügen. Versprich mir, damit ich dir verzeihe, aufzupassen. Wenn du stirbst, bin ich allein.«

»Für dich bleibe ich am Leben, meine Tochter. Ich versprech's dir.«

»Du musst mir ein bisschen Geld schicken. Tante Célia arbeitet nicht. Ihr geht's nicht besonders gut. Was soll ich allein dort, wenn ihr etwas zustößt?«

Der Inspektor beruhigte seine Tochter. Er glaubte nicht mehr an den Gott seiner Eltern, aber dennoch betete er, dass Tante Célia, die einzige Verwandte, die ihm blieb, noch einige Jahre, vier oder fünf, durchhielt, damit Mireya sich komplett an das Leben in Nordamerika anpassen und auf eigenen Füßen stehen konnte. Sie erhielt gute Noten in ihrer neuen Schule im fremden Land. Der Inspektor war darüber mehr als befriedigt. Mireya sprach gut Englisch, wie er feststellte, wenn er sich mit ihr in dieser Sprache unterhielt. Er versprach ihr, so bald wie möglich Geld zu überweisen. Es fiel ihnen schwer, das Gespräch zu beenden. Es ließ den Inspektor mit einem Gefühl der Leere zurück. Er war müde. Müde des Kampfes gegen all die Monstrositäten, die dieses Land gebar. Er träumte oft davon, sich an einen abgelegenen Ort auf dem Land zurückzuziehen, warum nicht in den hintersten Winkel eines Waldes, um dort zu sterben wie ein alter Elefant. So würde niemand seine Leiche finden und seinen Tod bedauern. Das war sein schlimmster Albtraum: dass all die Heuchler an seinem Sarg schöne Reden hielten. Unter den Tränen und den Trauermienen wäre mehr als einer erfreut.

Er duschte, zog Zivil an und verbarg seine Dienstwaffe unter seinem Hemd. Er hatte nichts zu essen in der Wohnung, sondern trank eine halbe Flasche *soro*, bevor er das Haus verließ. Vor seinem Auto hatte sich ein kleiner Menschenauflauf gebildet. Sobald man ihn bemerkte, traten die Leute respektvoll zur Seite. Der alte Nissan bot keinen schönen Anblick. Die Karosserie war überall durchlöchert. Wieviel würde die Reparatur ihn kosten? Madame Rigou, eine Nachbarin, zu der Mireya früher zum Spielen gegangen war, die einzige Person im Viertel, mit der Azémar einige Worte wechselte, sagte ihm, sie sei erleichtert, dass er noch lebe. Sie hatte die Feuerstöße aus den automatischen Waffen gehört. Jeder hatte verstanden, dass sie ihm, dem Inspektor, gegolten hatten, der den Ruf eines ehrlichen Polizisten hatte, wenn man davon absah, dass er die Dienste bestimmter Motorradtaxifahrer oft unentgeltlich in Anspruch genommen und sie gelegentlich mit seiner Waffe bedroht hatte. Von Madame Rigou, die es, wie er ihr ansah, Überwindung kostete, davon zu sprechen, erfuhr er, dass eine Stunde vor dem Überfall Männer auf Motorrädern vorbeigekommen waren und allen Anwohnern empfohlen hatten, sich in ihren Häusern zu verbarrikadieren, denn bald würde es

Kugeln regnen. Sie konnte oder wollte keinerlei Angaben zu den Männern machen. Ein Jeep des nächsten Kommissariats setzte einen Trupp bewaffneter Polizisten ab, die Dieuswalwe Azémars alten Nissan untersuchten. Man stellte ihm einige Fragen, was passiert war. Er bequemte sich, ihnen mitzuteilen, er habe einen Verdacht, wer hinter dem Angriff steckte, die Sache stehe aber im Zusammenhang mit einer streng geheimen Untersuchung, weshalb er keine weiteren Einzelheiten nennen könne. Dann rief er seinen Mechaniker an und bat ihn, das Auto abzuholen, wenn die Polizisten mit der Spurensicherung fertig waren. Die Kollegen rieten ihm, die üblichen Vorsichtsmaßnahmen einzuhalten. Drei Polizisten baten ihn um Autogramme und wollten sogar mit ihm fotografiert werden. Weiter oben in der Hierarchie war man sicher nicht erfreut darüber, dass er bei der Truppe so beliebt war.

Er ging anschließend zu Fuß zum Platz des Viertels. Die Motorradtaxifahrer an der Kreuzung wechselten eilig den Standort, um diesen übel beleumundeten Kunden nicht befördern zu müssen. Er rief ein Motorradtaxi, das leer vorbeifuhr. Der Fahrer, der ihn nicht kannte, hielt an. Er stieg hinten auf und nannte ihm sein Ziel. Die Fahrt dauerte nur einige Minuten. Es war Samstagvormittag, und der Verkehr war um diese Zeit flüssig. Der Inspektor zahlte anstandslos. Er durfte nicht auffallen. Die Stelle, an der er abgestiegen war, war nur wenige Meter von Mademoiselle Lebreniers Haus entfernt. Er bummelte umher, bis er einen Laden namens *Chez Nana* erblickte, wo zwei Männer aufgestützt auf dem Tresen Schnaps tranken. *Tranpe*, nach dem Geruch, der ihn in der Nase kitzelte, zu schließen, handelte es sich um *bwa kochon**. Kein Geschäft dieser Art konnte sich erlauben, keinen *tranpe* zu verkaufen. *Soro! Bwa kochon!* Und vor allem puren *kleren!* Rum wurde zwar gelegentlich gekauft, aber nichts konnte sich mit diesen volkstümlichen Getränken messen. Dieuswalwe bestellte einen *soro*. In einem Fernseher an der Wand lief ein Fußballspiel aus der spanischen Liga. Ein Ventilator ganz in der Nähe war trotz der Hitze ausgeschaltet. Der Inspektor bat, ihn einzuschalten, aber es gab in der Stadt um diese Uhrzeit keinen Strom. Der Fernseher war mit einem Solarpanel verbunden.

»Der *soro* ist gut hier«, sagte der Inspektor.

Er log. Der *tranpe* war von keiner besonderen Qualität.

»Nicht besser, als der *bwa kochon*«, bemerkte einer der beiden Männer, ein großer Kerl, wahrscheinlich ein Maurer, denn er hatte eine schlecht verschlossene Tasche auf den Knien, aus der der Griff einer Kelle ragte.

»Ich lasse auf meinen *kleren* nichts kommen«, sagte der andere, die Hand auf seinem Glas, als wollte er verhindern, dass jemand seinen Schnaps vergiftete.

Ein Paranoiker, schloss der Inspektor.

Einer der Spieler verfehlte das Tor, als der Torwart bereits geschlagen war, und die beiden Männer schrien vor Verdruss gleichzeitig auf. Der Inspektor beuge sich zu ihnen hin.

»Können Sie mir eine Auskunft geben?«, fragte er.

Sie musterten ihn rasch. Das war kein x-Beliebiger, der sich nur sein Glas *soro* bezahlen lassen wollte.

»Kommt darauf an«, antwortete der, der wahrscheinlich ein Maurer war, vorsichtig.

Dieuswalwe Azémar trank sein Glas aus und bestellte ein zweites.

»Morgen ist mein Geburtstag. Ich möchte mir mal gutes Fleisch gönnen.«

»Ah«, sagte der andere. »Singst du dann auch?«

»Es wird sicher Gitarre gespielt. Aber ich singe nicht.«

»Lädst du uns ein?«, fragte der Maurer.

Der Inspektor überhörte die Frage.

»An wen könnte ich mich wenden, um eine Katze zu kaufen?«

»Guirand«, sagte der Paranoiker. »Er hat immer welche zu verkaufen. Seinetwegen kann niemand hier im Viertel eine Katze halten.«

»Hat er nie Ärger mit den Besitzern der Katzen gekriegt?«, wunderte sich Azémar.

»Jedenfalls traut sich niemand mehr, sich eine Katze anzuschaffen«, sagte der Maurer.

Die Wirtin sah sie mit angewiderter Miene an.

»Wenn ihr mir nicht Geld für den Schnaps zahlen würdet, würde ich euch rausschmeißen. Katzen essen? Ihr ekelt mich an.«

Der Paranoiker brach in Gelächter aus und ließ seine tabakgeschwärzten Zähne sehen.

»Wenn du einmal Katzenfleisch probierst, willst du immer wieder welches. Ein feineres Fleisch gibt es nicht.«

»Sänger essen es, um eine klare Stimme zu bekommen«, bemerkte der Maurer.

Die Wirtin stemmte die Hände in die Hüften.

»Einen Sänger, der Katzen frisst, streiche ich aus meinem Repertoire.«

Der Inspektor konnte es der Frau sehr gut nachfühlen, aber er musste Georges zurückbringen, wenn er noch am Leben war.

»Wo kann ich Guirand finden?«

»Du steigst die Treppe in die Schlucht hinunter«, erklärte der Maurer. »Auf halbem Weg findest du ein Haus, vor dem handgemachte Gegenstände ausgestellt sind.«

»Er ist Künstler«, sagte der Paranoiker, die Hand immer noch auf seinem Glas. »Wenn du bei dir zu Hause eine Feier veranstaltest, dann pass auf. Die Straßen sind nicht mehr sicher für Leute, die Alkohol und Katzenfleisch mögen.«

»Warum?«, fragte der Inspektor.

Der Maurer sah ihn kopfschüttelnd an.

»Du bist nicht von hier. Da gibt's einen, der was gegen uns hat und der Katzenessern die Kehle abschneidet.«

Er machte eine sehr deutliche Geste mit der Handkante auf dem Hals.

»Wir sagen das nicht, um dir das Fest zu verderben«, entschuldigte sich der Paranoiker, der immer noch nach jedem Schluck das Glas mit der Hand bedeckte. »Nimm dich in Acht! *Tafia**-Trinker aller Länder! Vereinigt euch!«

»Vielen Dank«, sagte der Inspektor. »Euer Schnaps geht auf mich.«

Der Maurer und der Paranoiker hielten der Wirtin eilig ihre Gläser hin.

*

Die Treppe in die Schlucht war nicht schwer zu finden. Ein irrwitziger Anblick bot sich einem, sobald man durch das rostige Tor vor den Betonstufen trat, die irgendeine NGO gebaut hatte: Wenn an diesen vom Staat vergessenen Orten irgendetwas entstand, war klar, dass es von einer dieser Einrichtungen stammte. Das verbliebene Grün wurde von den Mauern einiger bürgerlicher Häuser, darunter dem von Mademoiselle Lebrenier, geschützt. War den Reichen, die diese Inseln des Überflusses bewohnten, klar, dass der Ozean des Elends um sie herum sich zwangsläufig eines Tages zu einem Tsunami aus Frustration und Wut auftürmen würde? Der Inspektor rückte seine dunkle Brille zurecht, die er eher trug, um der Realität eine andere Farbe zu verleihen, als um sein Schielen zu verbergen. Er kam Frauen und Männern entgegen, die mit Eimern voll Wasser die Stufen hochstiegen. Sie kamen von einer alten Quelle am Grund der Schlucht zurück, die von derselben NGO eingefasst worden war, damit die Bewohner der Gegend Zugang zum kostbaren Nass hatten.

Er kam zu dem Haus, das er suchte. Ein Schild aus einem Stück Blech vermeldete: *Kay Guirand. Atis-pent**. Der Inspektor betrat eine Galerie*, an deren Wand handgefertigte Gegenstände hingen: Ketten, Armreifen, Statuetten, Fahnen, Becher, Schlüsselanhänger. Geschmacklose Bilder. Wer würde hier hinuntersteigen, um diese völlig wertlosen Artikel zu kaufen? Ein Mann, der auf einem niedrigen Stuhl saß und sich die Nägel feilte, beobachtete ihn über den Rand seiner Brille in den Farben der haitianischen Flagge.

»Was willst du kaufen?«, fragte er den Inspektor.

»Morgen Abend habe ich eine Feier«, sagte Dieuswalwe Azémar. »Mein Magen muss für den Alkohol in Topform sein.«

Er summte ein von den *kaka-kleren* immer noch sehr geschätztes Lied von Roger Colas. Der Mann fasste Vertrauen und lächelte.

»Du fängst ja schon früh an, dich volllaufen zu lassen, mein Freund.«

»Bist du Guirand? In dem Laden *Chez Nana* hat man mir versichert, dass du mir beschaffen kannst, was ich brauche.«

»Der bin ich«, sagte der Mann.

»Ich hab schon zu lange kein gutes Fleisch mehr gegessen.«

Guirand legte die Nagelfeile weg und stand auf.

»Wenn du Cash hast, ist das eine leichte Sache.«

»Machst du mir einen guten Preis?«

»Komm mit, wir werden uns schon verständigen. Was trinkst du?«

»*Soro*«, antwortete der Inspektor.

Guirand griff in eine Schublade und zog einen Flachmann hervor.

»Das ist der beste *soro* des Viertels. Wenn du kaufst, kriegst du ihn gratis dazu.«

Der Inspektor riss die Flasche an sich. Guirand nahm einen Schlüsselbund und bedeutete Azémar, ihm zu folgen. Er ging durch einen Korridor um das Haus herum und öffnete ein hölzernes Tor zu einem kleinen Hof, in dem der Inspektor mehrere Käfige erblickte. In den meisten saß ein Kampfhahn, nur in vieren eine Katze. Der Inspektor sah ein Muttertier, das seine Jungen säugte.

»Es wird immer schwieriger, Katzen zu fangen«, erklärte Guirand. »Die Leute schaffen sich keine mehr an. Also züchte ich welche.«

Er nahm einen der Käfige, in dem eine getigerte Katze saß.

»Für zweitausend Gourde kannst du die hier mitnehmen«, bot er an.

»Du könntest eher Blei in den Schädel kriegen«, grollte Inspektor Azémar.

Überrascht, dass ihm auf einmal der Lauf einer Waffe an die Stirn gehalten wurde, ließ Guirand den Käfig fallen, der zerbrach. Die Katze nutzte die Chance und nahm Reißaus.

»Nimm, was du willst, und lass mich am Leben«, stöhnte Guirand. »Erbarmen. Ich habe eine Frau und neun Kinder.«

»Halt den Mund«, flüsterte der Inspektor. »Ich tu dir nichts, wenn du mir sagst, was ich wissen will.«

»Ja ... ja«, stammelte Guirand verängstigt. »Alles, was du willst. Aber hab Mitglied, töte mich nicht.«

Der Mann schwitzte bereits in dicken Tropfen. In diesem Land hing man an seinem Leben. Aber welchem Leben? Sein, Dieuswalwe Azémars Leben hatte nur dank Mireya einen Sinn. Was konnte er mehr erwarten? Dass der *soro* seine Leber zerfraß?

Dass ein Jünger von Marasa oder Landeng ihn kaltmachte? Die Brasilianer hatten ihn sicher ebenfalls im Visier. Er zeigte das Foto von Mademoiselle Lebreniers Kater vor.

»Den will ich wiederfinden«, sagte der Inspektor.

Er kam sich dumm vor. So weit war es mit ihm gekommen. Für fünfzehntausend Dollar, von denen er fünfundzwanzig Prozent an seinen Vorgesetzten abführen musste. Er tröstete sich mit dem Gedanken, dass er nichts Illegales tat. Einer gelähmten Frau zu helfen, ihr Haustier wiederzufinden, war kein Delikt.

»Wie soll ich eine Katze auf einem Foto erkennen?«, jammerte Guirand. »Alle Katzen sehen auf Fotos gleich aus.«

Der Inspektor packte ihn mit einer Hand am Kragen, während er ihm mit der anderen den Lauf der Waffe an die Schläfe drückte.

»Es heißt, dass du sämtliche Katzen im Viertel weggefangen hast. Deinetwegen kann niemand mehr eine Katze halten.«

»Von etwas muss man ja leben«, quiekte Guirand. »Ich tue nichts Böses. Ich stelle meine Fallen auf und fange Katzen. Ich verstoße gegen kein Gesetz.«

»Dann kennst du bestimmt den Kater, den ich suche. Es ist der von Mademoiselle Lebrenier.«

»Ah, Georges!«, rief Guirand aus.

»Kehren deine Erinnerungen zurück?«

»Wer im Viertel kennt ihn nicht? Niemand würde es wagen, ihn zu essen.«

»Wenn er nicht gegessen wurde, wo ist er dann?«

»Ich kriege keine Luft«, stöhnte Guirand.

Der Inspektor ließ ihn los, bedrohte ihn aber weiter.

»Ich höre. Wenn dir dein Leben lieb ist, dann pack aus.«

»Es ist nicht meine Schuld. Ich stelle meine Fallen auf. Ich kann mir nicht aussuchen, welche Katzen hineingehen. Und außerdem verlässt Georges normalerweise das Haus von Mademoiselle Lebrenier nicht. Es heißt, dass sie die Mauern ihres Anwesens mit einem Schutz versehen hat, damit der Kater nicht ausreißen kann. Jemand muss ihm beim Ausbüxen geholfen haben.«

Der Inspektor verbarg seine Ungeduld nicht.

»Ich hab's eilig. Sprich weiter.«

»Eines Morgens habe ich Georges in einer Falle gefunden. Ich war keineswegs erfreut. Ich bin nicht der Typ, der sich freiwillig Probleme schafft.«

»Was hast du mit ihm gemacht?«

»Ich wollte ihn nicht behalten. Ich musste ihn so schnell wie möglich loswerden. Man behält keinen schwarzen Kater bei sich, schon gar nicht, wenn er verhext ist.«

»Was heißt verhext?«

»Ich hab es frühmorgens an dem Tag gehört, an dem er in die Falle gegangen ist. Er hat miaut und nach seiner Herrin gerufen. Ich sag's dir, ich habe fast geglaubt, die Stimme von Georges, ihrem verstorbenen Bruder, zu hören. ›Marie Rose ... Marie Rose ...‹ Adeline Marie-Rose sind die Vornamen von Mademoiselle Lebrenier. Mir lief es kalt den Rücken herunter.«

»Du redest nur dummes Zeug. Was hast du mit dem Kater gemacht?«

»Ich habe ihn an Maissa verkauft. Es heißt, sie könnte Katzen von ihren schlechten Einflüssen reinigen. Man kann sie nicht essen, ohne sich gegen bestimmte Sachen zu schützen.«

»Ist der Kater immer noch bei dieser Maissa?«

Guirand hatte seine Brille abgenommen. Seine Augen waren von Tränen verschleiert. Er war außer sich vor Angst.

»Ich kann's dir nicht sagen. Aber bei so einer Katze dauert es seine Zeit, bis man einen Abnehmer findet. Man kann viel Geld dafür bekommen, aber man muss sich vergewissern, dass man sie ohne Risiko essen kann.«

»Welches Risiko?«, fragte der Inspektor mehr aus Neugier.

»Der Kater soll Georges, der verstorbene Bruder von Mademoiselle Lebrenier, sein.«

Der Inspektor war so gewöhnt an solche haitianischen Spinnereien, dass er sich bei diesem Punkt nicht aufhielt.

»Ich muss also Maissa sprechen«, schloss der Inspektor.

»Da kann ich Ihnen nicht helfen«, jammerte der plötzlich wieder verängstigte Guirand. »Sie ist die Geliebte von einem Bandenchef. Man kommt nicht leicht in ihre Nähe.«

»Von welchem Bandenchef?«

»Ti-Jilèt«, sagte Guirand.

Der Inspektor hatte von diesem Bandenchef gehört, der ganze Stadtviertel im Südwesten der Hauptstadt kontrollierte. Er erpresste mehrere öffentliche Dienstleister. Vom Verkauf des Wassers, das er aus dem öffentlichen Wasserwerk ableitete, profitierte in seinen Vierteln nur er. Das war nicht Inspektor Azémars Bereich, aber wenn er in seinen Ermittlungen weiterkommen und den zweiten Scheck über fünfzehntausend amerikanische Dollar erhalten wollte, musste er an Maissa herankommen.

»Ich will wissen, ob Georges noch am Leben ist«, insistierte der Inspektor.

»Bitte, ich habe alles gesagt. Mehr kann ich nicht tun. Töte mich nicht.«

Guirand begann dem Inspektor ernstlich auf die Nerven zu gehen. Er mochte keine Schisser.

»Du musst dich ein bisschen zusammenreißen«, warnte ihn Dieuswalwe Azémar. »Ich brauche dich noch.«

»Mein Gott!«, stöhnte Guirand. »Ich hätte diesen Kater einfach laufen lassen sollen.«

»Das war dein Fehler. Jeder weiß, dass schwarze Katzen Pech bringen. Wir gehen jetzt rein, in dein Haus, und prüfen dort die Lage in Ruhe.«

Der Inspektor stieß ihn vorwärts.

»Auf. Wie haben zu tun.«

*

Sie befanden sich im einzigen Zimmer des Hauses, einem großen Schlafzimmer, das auch als Atelier diente. Eine echte Rumpelkammer. Holz, Metallschrott, Farbflaschen, Pinsel, Rollen aus Sisalfasern, Stoffe, zerstoßene Steine, Glas, Schuhe, Kleidungsstücke. Ein Hausaltar mit zwei noch brennenden Kerzen. Ein Bett mit zerknüllten und schmutzigen Laken verriet, dass der Hausherr es dort vor kurzem hemmungslos getrieben hatte. Das Zimmer stank nach *kleren* und Gras.

»Setzt dich«, befahl der Inspektor.

Guirand gehorchte. Er hatte nun weniger Angst. Er schwitzte

nicht mehr. Wenn dieser Mann hier wäre, um ihn zu töten, dann hätte er es bereits getan. Aber warum wollte er dieses verdammte Katzenvieh? Hätte er gewusst, dass der Kater von Mademoiselle Lebrenier so wichtig war, hätte er ihn nicht so an Maissa verscherbelt.

»Dein Telefon.«

Guirand holte eilig sein Handy aus der Tasche.

»Entsperr es«, befahl der Polizist.

Guirand gehorchte und reichte ihm dann den Apparat. Dieuswalwe Azémar öffnete die Kontaktliste, ohne seinen Gefangenen aus den Augen zu lassen. Er fand Maissa.

»Ich wähle die Nummer von Maissa«, kündigte er an. »Du rufst sie an und bittest sie, jetzt sofort und allein hierher zu dir zu kommen. Finde einen Grund. Ich bin sicher, dass du ein besonderes Verhältnis zu dieser Dame hast, wenn du für den Verkauf von Georges sofort an sie gedacht hast.«

»Sie ist die Frau von Ti-Jilèt!«, protestierte Guirand. »Ich mit ihr! Ich hänge an meinem Leben.«

»Wenn du wirklich an deinem Leben hängst, dann solltest du sie lieber anrufen.«

»Was soll ich ihr sagen?«, jammerte Guirand ratlos.

»Ich habe keine Zeit zu verlieren«, grollte Dieuswalwe Azémar. »Ruf sie an, oder du kriegst eine Kugel in den Kopf. Sag ihr, dass du eine wichtige Sache über den Kater rausgefunden hast. Tisch ihr eine krasse Lüge auf. Krasse Lügen funktionieren immer.«

»Du weißt nicht, wer Ti-Jilèt ist«, flennte Guirand. »Maissa ist seine Geliebte. Er hat ihretwegen schon getötet, ohne zu zögern. Ich verstehe nicht, warum du diesen Kater unbedingt wiederfinden willst.«

Dieuswalwe Azémar wählte die Nummer und reichte Guirand den Apparat.

»Sprich. Wenn du versuchst, mich reinzulegen, schieße ich dich nieder, ohne zu zögern.«

Guirand hatte wieder zu schwitzen begonnen. Er nahm das Telefon. In diesem Moment klopfte es an der Tür. Man hörte eine Frauenstimme.

»Guirand … Mach auf. Ich bin's.«

»Wer ist das?«, fragte Dieuswalwe Azémar.

Guirand zitterte an allen Gliedern. Er war kurz davor, in Ohnmacht zu fallen.

»Das ist Maissa«, brachte er hervor.

*

Das war sein Glückstag, dachte sich Dieuswalwe Azémar. Vielleicht würde er Mademoiselle Lebreniers Kater rasch wiederfinden und den zweiten Scheck kassieren.

»Was will sie hier?«, flüsterte er, misstrauisch trotz allem.

»Ich weiß nicht«, antwortete Guirand mit verblüffter Miene.

Es klopfte noch einmal an der Tür.

»Guirand, bist du da? Erzähl mir nicht, dass um diese Zeit eine Frau bei dir ist. Ich muss mit dir reden. Es ist dringend.«

Dieuswalwe Azémar zwang Guirand aufzustehen, obwohl dessen Beine ihn kaum tragen konnten, so sehr zitterte er. Der Inspektor nahm einen Uringeruch wahr. Guirand hatte sich eingenässt.

»Frag sie, ob sie allein ist«, riet Dieuswalwe Azémar.

»Bist du allein, Maissa?«, fragte Guirand.

»Mach auf!«, rief Maissa ärgerlich. »Es ist mir wurscht, ob du Damenbesuch hast. Ja, ich bin allein.«

»Mach ihr die Tür auf«, befahl Dieuswalwe Azémar. »Und vergiss nicht: Ich schieße ohne zu zögern.«

Guirand bewegte sich schwankend zur Tür. Dieuswalwe Azémar trat zur Seite, um die Situation gut unter Kontrolle zu haben. Die Tür war erst einen Spalt geöffnet, als eine schöne junge Frau in Jeans und Bluse sich schon eilig ins Zimmer drängte und ihr billiges Parfum es wie ein Tsunami sofort überschwemmte. Sie warf einen sehr überraschten Blick auf Guirand.

»Was ist los mit dir? Du siehst aus wie eine lebende Leiche. Du riechst ja nach Urin. Hast du dir in die Hose gemacht?«

Er war unfähig, ein Wort zu sagen. Sie ahnte, dass noch jemand anderes im Raum war, und blickte in den Lauf von Dieuswalwe Azémars Waffe.

»Keine Bewegung, meine schöne Dame. Wir haben etwas zu besprechen.«

*

»Ich kann nichts dafür, Maissa«, schluchzte Guirand. »Er ist hier aufgekreuzt und hat behauptet, er wollte eine Katze kaufen.«

»Was willst du?«, fragte Maissa.

Sie saß auf dem Bett. Der Polizist schätzte ihre Schönheit, obwohl alles an ihr erstarrt und kalt war, vor allem ihr Blick. Eisig. Dennoch war sie anziehend mit ihrem perfekt gerundeten Körper, dem durch die absichtlich zu kurze Bluse sichtbaren flachen Bauch mit der bernsteinfarbenen Haut und dem tiefen Nabel sowie ihren straffen Brüsten – sie trug keinen BH –, die einem sicher perfekt in der lüsternen Hand lägen und mit ihren Spitzen den leichten Stoff strapazierten. Ihre Schönheit erinnerte an Erzulie Dantor, die für ihren unberechenbaren und aufbrausenden Charakter bekannte Voodoo-Göttin. Mit einer solchen Frau zu schlafen, musste einen besonderen Zauber haben, der schon ans Selbstmörderische grenzte. Eine Gottesanbeterin, schloss der Inspektor. Wie viele Männer hatte sie verschlungen, ins Höllenfeuer geworfen, bevor sie zur Geliebten, zur sogenannten Glücksfrau, jenes mächtigen und gefährlichen Bandenchefs geworden war?

»Ich will den Kater, den Guirand dir verkauft hat.«

Sie lachte ohne sichtbare Angst vor Dieuswalwe Azémar.

»Weißt du, wen du bedrohst?«

»Guirand hat mir gesagt, wer du bist. Die Lebensgefährtin von Ti-Jilèt. Ich bin Polizeiinspektor.«

Er zeigte seine Dienstmarke vor. Guirand riss vor Erstaunen die Augen weit auf.

»Das wusste ich nicht«, stöhnte er.

»Du hältst den Mund«, schrie die junge Frau.

Sie drehte sich zu Dieuswalwe Azémar um.

»Die Police Nationale setzt ja seltsame Prioritäten. Du hast bestimmt reichlich Schmiergeld bekommen, damit du diesen Kater wiederfindest. Von wem?«

»Von seiner Besitzerin.«

Sie ließ die Hände auf die Knie fallen und setzte eine betrübte Miene auf.

»Dann hast du die Falsche vor dir. Deswegen wollte ich Guirand sprechen.«

Dieuswalwe Azémar begann zu ahnen, dass nicht alles so laufen würde, wie er es sich wünschte.

»Erklär das genauer.«

Sie holte tief Luft.

»Heute hat Capitaine ganz früh am Morgen das Lager von Ti-Jilèt angegriffen. Falls du's nicht weißt: Capitaine war bis letzte Woche Ti-Jilèts Stellvertreter. Sie haben sich zerstritten, es ging um die Aufteilung der Gewinne aus dem Wasserverkauf in der Gegend. Aber der Angriff war nur ein Ablenkungsmanöver.«

»Ein Ablenkungsmanöver?«, wunderte sich der Inspektor. »Warum?«

»Ein Kommando von Capitaine hat uns von hinten umgangen, während wir uns vorn verteidigt haben, und hat es geschafft, Georges zu entführen. Ti-Jilèt hat das Manöver zu spät durchschaut.«

Dieuswalwe Azémar spürte, wie er wirklich zornig wurde.

»Scheiße! Aber warum ist dieser Kater, dieser Georges, eigentlich so wichtig?«

»Erklär's ihm, Guirand«, sagte Maissa mit einem müden Seufzer. »Sag ihm alles. Er ist Polizist. Er kann mir helfen. Capitaine darf Georges auf keinen Fall essen.«

»Ti-Jilèt wird ihn auch nicht essen«, bemerkte Azémar verärgert.

»Und du auch nicht«, gab Maissa zurück. »Dein Atem verrät mir, dass du ein *kaka-kleren* bist. Wenn du die Wahrheit kennst, dann bist du vielleicht auch der Meinung, dass Georges zu essen, einem mehr bringt als das Geld von Mademoiselle Lebrenier.«

Dieuswalwe Azémar nahm die Waffe herunter.

»Welche Wahrheit.«

Guirand atmete tief ein.

»Dieser Kater ist Georges, der verstorbene Bruder von Mademoiselle Lebrenier.«

Dieuswalwe Azémar kicherte.

»Diesen Unsinn habe ich auch schon gehört. Durch Zufall hat

Mademoiselle Lebrenier den Kater an dem Tag bekommen, an dem ihr Bruder gestorben ist.«

»Das war kein Zufall«, protestierte Guirand. »Kennst du eine Frau, die den Namen ihres verstorbenen Bruders einem Kater geben würde, noch dazu einem schwarzen Kater, einem Kater, der ihr am Todestag des Bruders ins Haus gekommen ist?«

In diesem Land reichte das aus, um alle Wahnvorstellungen zu nähren.

»Ein einziges Mal ist der Kater bei Mademoiselle Lebrenier ausgerissen. Ein paar Wochen nach Georges Tod ist er auf das Anwesen eines ehemaligen Offiziers gelaufen, der gerade mit seinen Freunden gefeiert hat. Sie haben ihn gesehen und auf ihn geschossen. Sie haben gedacht, sie hätten ihn schon auf dem Teller. Sie waren hervorragende Schützen, und der Kater war in ihrer Reichweite.«

»Und?«, fragte der Inspektor, der nun wirklich bedauerte, in eine so verrückte Geschichte geraten zu sein.

»Nicht ein Kratzer. Der Kater hat das Grundstück verlassen, als wäre nichts gewesen, ohne Eile, wie um sie zu verhöhnen.«

»Ich verstehe immer noch nicht«, gestand Dieuswalwe Azémar.

Maissa übernahm.

»Georges war Polizeioffizier. Es hieß, Kugeln könnten ihm nichts anhaben. Er war mehrmals in einer Lage, in der nur jemand davonkommen konnte, der unter ... mystischem Schutz stand. Einmal wurde sein Auto in einem Hinterhalt in der Cité Soleil mit Maschinenpistolen beschossen. Er hat nicht einmal eine Schramme davongetragen. Nachdem der Kater einmal ausgerissen war, hat Mademoiselle Lebrenier alle Maßnahmen getroffen, damit er ihr Anwesen nicht verlassen konnte.«

»Ein anderes Mal ist das Flugzeug, das Georges zusammen mit mehreren anderen Personen nach Port-de-Paix brachte, abgestürzt. Er hat als Einziger überlebt. Unverletzt.«

»Aber er ist trotzdem gestorben«, gab Azémar zurück.

»Es heißt, er wurde vergiftet«, sagte Guirand. »Kein *pwen* macht einen vollständig unverwundbar.«

Dieuswalwe Azémar ließ sich auf den Stuhl fallen.

»Also sind alle hinter Georges her, nicht nur, um ihn zu essen, sondern weil man dadurch die Kräfte von Georges, dem Bruder von Mademoiselle Lebrenir, gewinnt.«

»Ganz einfach«, bemerkte Guirand dümmlich.

Der Inspektor schoss mit erboster Miene von seinem Stuhl hoch und richtete seinen Revolver auf Guirand.

»Einfach! Sag mir, wie ich dieses Mistvieh wiederbekommen soll!«

Maissa war aufgestanden und hatte dem Polizisten die Hand auf die Schulter gelegt. Dieser reagierte nicht. Von der Frau gingen mächtige Vibrationen aus. Ein zerstörerischer Magnetismus. Er konnte sich gut vorstellen, im Vollrausch mit ihr zu schlafen. Das musste verheerend sein.

»Wir wissen zumindest, dass Georges in Capitaines Händen ist. Und wir haben Zeit bis Montagabend.«

»Heute ist Samstag«, dachte der Inspektor.

»Es ist eine Vorbereitung nötig, bevor man Georges schlachten und zubereiten kann«, fuhr Maissa fort. »Das verschafft uns Zeit.«

»Zeit wofür?«

»Um herauszufinden, wo Capitaine Georges versteckt«, sagte Maissa. »Er wird ihn nicht in seinem Lager behalten. Zu gefährlich. Ti-Jilèt wird alles tun, um den Kater zurückzubekommen. Er hat vor seinen Soldaten versprochen und geschworen, Georges zusammen mit Capitaines Herz zu essen.«

Der Inspektor sah sie stumm vor Verblüffung an.

»Er will den Kater mit dem Herz von Capitaine essen?«

»Das wird er tun«, sagte Maissa. »Er hält immer Wort.«

In dem Tonfall der jungen Frau klang Respekt mit. Sie musste wirklich Gefühle für diesen Banditen haben, das durfte er niemals vergessen.

»Wie gehen wir vor?«, fragte der Polizist.

»Ich brauche einen Gegenstand, ein Kleidungsstück, das Georges gehört hat.«

»Warum?«

Maissa schüttelte den Kopf.

»Du verstehst auch gar nichts. Wie soll ich sonst mit dem Kater in Verbindung treten? Treib das Nötige für mich auf.«

»Großer Gott«, seufzte Azémar, »in was für einen Schlamassel habe ich mich da begeben?«

Maissa zeigte mit dem Finger auf ihn.

»Du musst zu Mademoiselle Lebrenier gehen. Wir warten hier auf dich.«

Der Inspektor sträubte sich.

»Wer sagt mir, dass ihr mich nicht an der Nase herumführt? Ich falle auf eure Geschichte ohne Hand und Fuß rein, und ihr nutzt es aus und macht euch davon. Und selbst, wenn ihr die Wahrheit sagt: Ihr zieht eure Mediumnummer ab, wir orten den Kater und holen ihn zurück. Dann wollt ihr, dass Ti-Jilèt ihn bekommt. Der Kater gehört Mademoiselle Lebrenier.«

Maissa warf dem Inspektor einen lähmenden Blick zu.

»Du steckst in dieser Geschichte ohne Hand und Fuß, seit du dich bereit erklärt hast, den Kater von Mademoiselle Lebrenier zu suchen.«

Gegen die Logik der jungen Frau war nicht anzukommen. Er hatte sich schon vor langer Zeit bereitgefunden, in den Zug des haitianischen Deliriums einzusteigen. Die fünfzehntausend Dollar von Mademoiselle Lebrenier, um Georges wiederzufinden, waren nur eine Weiche, die ihn auf ein anderes Gleis brachte, eines, das noch tiefer ins Herz des Wahnsinns hineinführte. Er brauchte eine Pause, um zu überlegen, wie er den Kater dem Banditen, der gerade Ti-Jilèt herausgefordert hatte, wieder abjagen konnte. Es gab sicher ein Mittel, aber im Moment sah er es nicht. Je mehr Stunden vergingen, desto geringer wurde seine Chance, den Kater zurückzubringen. Er brauchte eine Pause, um zu überlegen, einen Plan festzulegen. Er musste auch zugeben, dass Maissa bei dieser besonderen Lage der Dinge eine wertvolle Hilfe wäre. Konnte man mit Capitaine über den Kater verhandeln? Das war von vornherein vergeblich. Wenn es stimmte, was Maissa ihm gerade erzählt hatte – und warum sollte sie lügen? –, dann war Georges von unvergleichlichem Wert. Sie würden ihn um jeden Preis essen, und zwar nicht nur, weil diese Spinner Katzenfleisch mochten, sondern weil sie glaubten, sich auf diese Weise die Kräfte von Georges, Mademoiselle Lebreniers verstorbenem Bruder, anzueignen, der jetzt dieser Kater war, oder ... Der Inspektor schüttelte den Kopf, um aus diesem Irrsinn herauszukommen. Es war besser, die Sache fallen zu lassen. Er hatte die fünfzehntausend Dollar von Mademoiselle Lebrenier abzüglich des Prozentsatzes für den Kommissar. In diesem Moment klingelte sein Telefon. Es war sein Mechaniker.

»Inspektor, die Karosserie ist in katastrophalem Zustand. Außerdem sind der Motor und der Tank beschädigt. Das wird teuer. Aber nicht so teuer wie der Kauf eines anderen Autos.«

»Wieviel?«, fragte der Inspektor.

»Für dreitausend amerikanische Dollar kann ich alles fast wieder wie neu machen. Weiter runter kann ich nicht gehen.«

Seine Kehle war trocken, er konnte nicht mehr schlucken. Die fünfundzwanzig Prozent für den Kommissar plus die dreitausend Dollar für die Reparatur, wieviel würde ihm da noch bleiben?

»Reparieren Sie die Karre«, brachte er heraus.

Maissa und Guirand betrachteten ihn ängstlich. Wenn es eine Chance gab, den Kater zurückzuholen, dann mussten sie sie ergreifen. Ein Schmerz fuhr ihm durch den Arm. Das Ding von Landeng. Er sah die enthauptete Frau vor sich. Er schwankte, blieb aber bei klarem Verstand.

»Geht's dir gut?«, fragte Maissa, die ihn mit einem seltsamen Blick musterte.

»Ihr wartet hier auf mich«, entschied der Inspektor. »Ich gehe zu Mademoiselle Lebrenier.«

Maissa legte ihm die Hand auf die Schulter und nahm ihm, ohne um Erlaubnis zu fragen, die dunkle Brille ab.

»Du hast schöne Augen, Inspektor.«

Die wenigen Male, die eine Frau einen Reiz an seinem Schielen gefunden hatte, waren schlecht ausgegangen. Maissas Körpergeruch, der sich gegen ihr aufdringliches billiges Parfum behauptete, erregte ihn. Er fühlte, wie er eine Erektion bekam. Er musste sich vor dieser Frau in Acht nehmen.

»Geh, Inspektor, und beeil dich. Die Zeit drängt. Capitaine ist auf der Suche nach jemandem, der in der Lage ist, Georges ohne Risiko zuzubereiten.«

Dieuswalwe Azémar steckte seine Waffe wieder an seinen Gürtel. Vielleicht machte er einen Fehler. Aber er hatte auch gelernt, dass man sich manchmal in den Wahn vorwagen musste, wenn man die Antworten auf die Rätsel finden wollte, die der Irrsinn schmiedete.

*

Er war nicht mit dem Auto gekommen, aber der Sicherheitsmann erkannte ihn und ließ ihn durch. »Sie kennen den Weg, Herr Inspektor.« Der Polizist ging ohne Eile die schattige Allee entlang und wunderte sich, wie viele Eindrücke er aufnahm, weil er zu Fuß unterwegs war. Am Steuer seines Wagens hatte er nichts von der Kühle des Ortes gespürt und den diskreten Duft der Rosen, die die Besitzerin sicher liebevoll pflegte, ebenso wenig wahrgenommen wie das leise Murmeln des Wassers, das aus dem Maul eines marmornen Hundes in ein Becken floss. Dieses war freilich schlecht gewartet, denn ein Teppich aus Mandelbaumblättern schwamm darauf. Eine Frau kam ihm entgegen. Er kannte sie nicht.

»Ich muss Mademoiselle Lebrenier sprechen«, kündigte er an und zeigte seine Dienstmarke vor. »Ich bin Inspektor Azémar.«

Sie ließ keine Überraschung erkennen.

»Mademoiselle Lebrenier hat mir befohlen, Sie unverzüglich vorzulassen, wenn Sie sie sprechen möchten. Folgen Sie mir.«

Mademoiselle Lebrenier saß auf demselben Platz, nur hatte sie diesmal einen großen Tisch vor sich und arbeitete an einem Puzzle. Es war schon fast vollständig zusammengesetzt, und der Polizist erkannte ein Bild von einem holländischen Maler, dessen Name ihm freilich entfallen war.

»Inspektor Azémar«, sagte Mademoiselle Lebrenier, ohne von ihrer Arbeit aufzuschauen, »haben Sie Georges wiedergefunden?«

»Ich habe eine heiße Spur«, verriet Azémar.

»Um den zweiten Scheck zu bekommen, genügt eine heiße Spur nicht«, sagte Mademoiselle Lebrenier und sah ihn mit enttäuschtem und zugleich verärgertem Ausdruck an.

»Ich benötige dringend etwas von Ihnen, damit ich die Ermittlungen fortsetzen kann.«

»Was?«, fragte sie.

»Etwas, das Ihrem Bruder Georges gehört hat. Am besten ein Kleidungsstück.«

Der Inspektor bemerkte einen eigenartigen Glanz im Blick der Frau. Vielleicht spielt ihm auch seine Fantasie einen Streich. Er kam sich weiterhin dumm, geistig zurückgeblieben vor, weil er sich auf Maissas Logik eingelassen hatte.

»Inspektor, ich bezahle Sie dafür, dass Sie Georges wiederbringen, nicht dafür, dass Sie die Hirngespinste eines zu abergläubischen Volkes glauben.«

»Welche Hirngespinste?«, fragte der Inspektor mit gespielter Unwissenheit und setzte sich, ohne auf eine Aufforderung von Mademoiselle Lebrenier zu warten.

Sie zuckte mit den Schultern.

»Nach dem, was ich über Sie weiß, überlassen Sie nichts dem Zufall, und Sie sind an Ermittlungen à la Mulder und Scully gewohnt. Ich war die Überraschteste von allen, als ich von Pietro und anschließend von Adrienne, meiner Haushälterin, erfahren habe, was über meinen Kater erzählt wurde. Da ich ihn Georges genannt habe und mein Bruder ihn mir einige Stunden vor seinem Tod geschenkt hat, ist dieser Kater angeblich er. Dieses Volk ist wirklich noch nicht aus dem primitiven Stadium heraus. Ich wage nicht anzunehmen, Inspektor, dass Sie Anhänger des Spiritismus sind.«

Der Inspektor schenkte Mademoiselle Lebrenier sein schönstes Lächeln. Er wusste nicht warum, aber es war ihm wichtig, Maissa zufriedenzustellen. Die junge Frau übte eine unverständliche Anziehungskraft auf ihn aus.

»In jedem Fall, Mademoiselle Lebrenier, dürfte es Ihnen nichts ausmachen, mir ein Kleidungsstück Ihres Bruders zu überlassen.«

»Er ist jetzt schon sieben Jahre tot, Inspektor.«

»Sie haben doch sicher Erinnerungsstücke an ihn aufbewahrt«, beharrte Dieuswalwe Azémar.

Sie fuhr mit ihrem Rollstuhl vom Tisch weg.

»Ich bin ein wenig erschöpft, und die Schulter tut mir weh. Helfen Sie mir. Pietro geht es nicht gut. Seine Anämie ermüdet ihn.

Der Inspektor schob den Rollstuhl vorsichtig. Mademoiselle Lebrenier dirigierte ihn zu einer Tür und öffnete sie mit einem

Schlüsselbund aus einer Tasche an der Armlehne des Rollstuhls. Der Inspektor fand sich in einem sorgfältig aufgeräumten Zimmer wieder, an dessen Wänden Fotos, Diplome und Auszeichnungen für der Police Nationale geleistete Dienste hingen. Inspektor Azémars Aufmerksamkeit galt einer über dreißig Jahre alten Aufnahme. Sie zeigte ein kleines Mädchen, in dem er Mademoiselle Lebrenier erkannte, zwischen zwei Jungen. Der eine musste angesichts der Ähnlichkeit ihr Bruder, also Georges, sein. Der andere, hellhäutigere erinnerte an Pietro in seiner frühesten Jugend. Das kleine Mädchen – sie saß – hielt auf dem Schoß eine schöne schwarze Katze, welche der Fotografie von Georges, die der Inspektor bekommen hatte, zum Verwechseln ähnlich sah. Mademoiselle Lebrenier bemerkte sein Interesse.

»Das bin ich mit meinem Bruder Georges«, sagte sie.

»Sie mögen schwarze Katzen«, bemerkte der Inspektor.

»Der Kater, den Sie auf dem Foto sehen, ist Ignace.«

Ihre Stimme wurde brüchig, was Dieuswalwe Azémar nicht entging.

»Nach ihm hatte ich nie wieder eine Katze.«

»Wie ist Ignace gestorben?«

Sie drehte sich fast zornig zum Inspektor um.

»Wozu all diese Fragen? Sie sollen Georges wiederfinden, nicht Ignace.«

Sie öffnete eine Schublade.

»An Ignace hängen so viele Erinnerungen«, entschuldigte sie sich. »Eines Tages war er verschwunden. Wir haben erfahren, dass man ihn eingefangen und gegessen hatte.«

Sie reichte dem Inspektor ein Hemd.

»Hier ist ein Kleidungsstück, das mein Bruder getragen hat. Ich hoffe, Sie sind nun zufrieden. Es ist mir wurscht, was Sie damit anstellen, aber bringen Sie mir meinen Kater zurück, bevor es zu spät ist.«

Der Inspektor nahm das Hemd.

»Der andere Mann auf dem Foto, ist das Pietro?«

»Ja. Wie Sie sehen, kennen wir uns seit Langem. Er gehört fast schon zur Familie. Sein Vater war ein italienischer Kaufmann, der seine Mutter bald verlassen hat.«

Sie unterdrückte ein Schluchzen.

»Wäre ich nicht gelähmt, hätte ich ihn geheiratet. Er hat mir immer versichert, dass es ihn nicht stört, aber ich habe immer abgelehnt. Ich will keinem Mann meinen Schmerz und mein Leid zumuten. Dennoch will er für mich da sein.«

Sie legte dem Inspektor die Hand auf den Arm.

»Ich kehre zu meinem Puzzle zurück.«

Der Inspektor wendete den Rollstuhl und schob ihn wieder auf die Galerie. Mademoiselle Lebrenier strich hingerissen mit den Händen über ihr fast fertiges Werk.

»Georges hat so gern Puzzles gemacht. Und Sie, Inspektor?«

»Puzzles!«, rief der Inspektor nach einem Seufzer aus. »Das ist meine traurige Spezialität, Mademoiselle Lebrenier. Aber oft fehlen ein paar Teile, die ich nie wiederfinde.«

Er schlug sich an die Stirn.

»*Die Spitzenklöpplerin* von Jan Vermeer, einem holländischen Maler aus dem siebzehnten Jahrhundert. Ich wusste, dass es mir wieder einfallen würde.«

Mademoiselle Lebrenier hob den Kopf.

»Ein gebildeter Polizist heutzutage in diesem Land! Dulourd hatte Recht, Sie sind gefährlich.«

*

Es war fast dreizehn Uhr. Kommissar Dulourd hatte Inspektor Azémar angerufen, um seine Version des Anschlags vor seinem Haus zu hören. Er hatte ihn gefragt, ob er einen Verdacht hatte, wer die Auftraggeber sein könnten. »Ich will keinen vorschnellen Schluss ziehen, dafür habe ich zu viele Feinde«, hatte der Inspektor behauptet. Der Kommissar hatte nicht überzeugt gewirkt, aber nicht insistiert. Azémar hatte seinen Vorgesetzten informiert, dass er an diesem Tag nicht ins Büro kommen würde. Er wolle sich dem Fall Lebrenier widmen. »Das ist gut«, hatte Dulourd geantwortet. »Lohnender, als einen Killer zu suchen, der uns sozialen Schutt vom Hals schafft.« Der Kommissar hatte aufgelegt. »Sozialer Schutt!« Diese Worte hallten im Kopf des Inspektors in Endlosschleife wider. Waren Alkoholiker und Katzenfresser sozialer Schutt? Es gab unter ihnen durchaus achtbare Leute. Beamte. Lehrer. Militärs. Polizisten. War er, Dieuswalwe Azémar mit zwei W im Vornamen, sozialer Schutt? In gewissem Sinne ja, schloss er. Er hatte es niemals verstanden, sich einzugliedern, sich wie die anderen an die Spielregeln zu halten, sich mit dem zufriedenzugeben, was ihm seine Position einbrachte, und die Augen vor dem Elend und dem Niedergang des Landes zu verschließen. Er hatte sich in den Alkohol geflüchtet, um zu überleben, um seine Schmerzen zu lindern, um die röchelnden Schreie zum Schweigen zu bringen, die tief in ihm aufkeimten.

Dieuswalwe Azémar löschte das Gespräch mit seinem Vorgesetzten aus seinen Gedanken. Er ging rasch zu der Treppe in die Schlucht, deren beide Hänge von improvisierten Hütten bedeckt waren. Als er sich Guirands Haus näherte, untersuchte er die Umgebung sorgfältig. Ein Reflex. Er glaubte nicht, dass Maissa und Guirand ihm eine Falle stellten. Der Künstler wäre sicher geflohen, wenn er allein gewesen wäre, aber die Frau schien entschlossen, Georges wiederzufinden. Sie fürchtete, der geschworene Feind ihres Liebhabers könnte den Kater essen und so die Unverwundbarkeit erlangen, die Mademoiselle Lebreniers verstorbenem Bruder zugeschrieben wurde. Damit wäre ihm der Sieg sicher.

Die Tür ging auf, noch bevor der Inspektor angeklopft hatte. Man überwachte offenbar sein Kommen von innen.

»Was hast du für uns gefunden?«, fragte Maissa fiebrig erregt.

»Ein Hemd von Georges.«

Sie nahm das Kleidungsstück, das der Polizist ihr reichte, und legte es sich um den Hals. Guirand holte aus einem Wandschrank eine Trommel und einen *kwi**, die er der jungen Frau übergab. Sie entnahm dem Behältnis eine große Handvoll Hirsemehl und zeichnete damit eine Figur auf den Boden, einen *vèvè**, den Azémar nicht identifizieren konnte, obwohl er sich rühmte, das Voodoo-Pantheon gut zu kennen.

»Halte Abstand von mir«, empfahl Maissa dem Inspektor.

Er wich zurück. Sie deutete einen Tanzschritt an. Guirand streichelte das gespannte Fell der Trommel und entlockte ihm klagende Töne, bevor er mit voller Kraft einen seltsamen

Rhythmus zu schlagen begann, der an die *bizango**-Vibrationen erinnerte. Maissa tanzte, und die Trommel ergriff immer weiter Besitz von ihrem Körper, je schneller der Rhythmus wurde. Sie wirbelte das Hemd um sich herum, bis der Stoff mit der Luft zu verschwimmen schien: Schmetterlingsflügel oder Flügel einer Seele, die die junge Frau in ihr Ballett gezwungen hatte. Dann hielt sie unvermittelt inne und ließ sich fallen, wobei ihr Körper durch einen unbekannten Zauber die auf den Boden gezeichnete geometrische Form annahm. Guirand trommelte weiter. Maissa hob den Oberkörper, indem sie sich auf den Ellbogen aufstützte. Aus ihren Pupillen schossen feurige Klingen. Der Inspektor glaubte, den Widerschein der Blitze an den Wänden des Raums zu sehen. Er hatte den verstörenden Eindruck, dass anstelle Maissas eine Katze auf dem Boden lag. Sie bewegte sich wie eine Katze. Sie fuhr sich mit der Zunge über die Hand wie eine Katze über ihre Pfote. Maissa starrte auf einen Punkt vor ihr. Guirand verlangsamte den Trommelrhythmus. Noch nie hatte Dieuswalwe Azémar einem solchen Ritual beigewohnt – das nicht so verlief, wie es sollte, denn die junge Frau sprang plötzlich auf ihn los. Er hatte keine Zeit zu reagieren, oder die finstere Fremdartigkeit dessen, was hier geschah, hatte ihn gelähmt. Maissa schlug ihm dort, wo Landeng den *garde* eingenäht hatte, die Zähne in den Arm. Eine Kraft schleuderte sie mit Wucht zu Boden. Sie wand sich in Krämpfen und blieb dann reglos liegen. Guirand ließ beunruhigt seine Trommel im Stich und beugte sich über die leblose Maissa. Er fühlte ihren Puls. »Sie lebt«, sagte er erleichtert. Er hob sie auf und legte sie auf das Bett.

»Gib mir ein bisschen Alkohol«, sagte er zum Inspektor.

Dieser kam, noch geschockt von den Ereignissen, wieder zu sich. Er reichte dem Künstler seine Flasche *soro*. Es war nur noch ganz wenig drin. Guirand goss sich etwas Schnaps in die hohle Hand und rieb Maissa damit kräftig das Gesicht ein.

»Ich habe ein bisschen erste Hilfe gelernt«, erklärte Guirand. »So hätte das nicht laufen sollen. Was hast du bei dir? Einen *lwa*? Einen *garde*?«

»Das ist mein Problem«, antwortete der Inspektor.

»Es ist auch unsres«, erinnerte ihn Guirand. »Sie hätte sterben können. Vielleicht ist das Ritual gescheitert. In diesem Fall finden wir Georges nicht wieder.«

Dem Inspektor tat sein Arm doppelt weh. Er spürte den Biss von Maissa oder dem, was aus ihr geworden war. Feuerzungen fuhren durch das Fleisch seines Arms. Er schwitzte, musste sich fast auf die Lippen beißen, um nicht aufzustöhnen. Damit er nicht seinerseits ohnmächtig wurde, trank er den Rest *soro*. Ärger stieg in ihm hoch: Er verlor jede Kontrolle. Was gerade geschehen war, das Verhalten Maissas unter dem dämonischen Einfluss, bewies, dass man ihm kein Theater vorspielte.

»Du fragst dich sicher, was mit Maissa los ist«, fuhr Guirand fort, während er der jungen Frau erst die eine, dann die andere Handfläche einrieb. »Ich bin jetzt zum dritten Mal bei diesem Ritual dabei. Sie hat mir den Rhythmus beigebracht. Mithilfe des Hemdes, das du mitgebracht hast, ist ihr Geist mit Georges verschmolzen. Das dauert nur einige Sekunden. In diesem kurzen Moment sieht und fühlt sie mit den Sinnen von Georges. Aber so etwas wie mit dir gerade ist noch nie vorgekommen.«

»All das wegen einer Katze«, jammerte der Polizist.

»Wenn es nur eine Katze wäre, glaubst du, dass sich dann alle solche Mühe geben würden?«

Das war logisch, soweit im Irrsinn eine Logik lag. In diesem Moment richtete Maissa sich auf dem Bett auf. Sie zeigte mit dem Finger auf den Inspektor.

»Was hast du gemacht? Was hast du nur gemacht?«

Er schwieg unter dem anklagenden Blick der jungen Frau. Sie brach in Tränen aus.

»Du hast die Hölle gewählt. Das ist deine Entscheidung. Aber deinetwegen konnte ich nicht richtig sehen, wo Georges ist.«

Sie schüttelte den Kopf, als wollte sie schlechte Gedanken oder die Nebel schlechter Erinnerungen vertreiben.

»Dabei hatte ich es fast. Ich sehe nur noch eine Straße ... eine Straße ... eine Straße und ein Haus.«

»Welche Straße?«, fragte der Inspektor ungeduldig.

Sie nahm den Kopf in beide Hände.

»Ich versuche zu sehen, welche Straße es ist. Ich komme dort oft durch. Ich versuche mich zu erinnern. Es muss in Delmas sein. Ja, Delmas. Ich spüre, dass es dort ist. Ich sehe das Kreuz einer Kirche.«

Sie atmete tief ein.

»Wir müssen suchen. Die einzige Kirche mit so einem Kreuz ist die Kirche der gnadenreichen Jungfrau. Ich finde diese Straße.«

»Wir brauchen ein Auto«, sagte Dieuswalwe Azémar. »Darum kümmere ich mich.«

»Warten wir mit dem Suchen, bis es Nacht wird«, empfahl Maissa. »Tagsüber könnte ich erkannt werden, wenn ein Soldat von Capitaine gerade in der Gegend ist.«

Sie kam der Antwort des Polizisten zuvor.

»Du kannst nicht allein gehen. Ich habe diese Straße mit Georges' Augen gesehen. Ich gebe euch keine Beschreibung.«

»Ist es dann nicht zu spät?«, fragte der Inspektor.

»Ich denke nicht«, antwortete Maissa. »Capitaine muss die Person finden, die einen risikolosen Übergang der Kräfte ermöglicht, und die Vorbereitung dauert mindestens zwei Tage. Treib du ein Auto auf. Ich muss mich ausruhen. Dieses Ritual erschöpft mich restlos. Neun Uhr abends, ist dir das recht?

Im Moment leitete sie die Operationen.

*

Ein Motorradtaxi brachte ihn zu Willios Werkstatt. Der Mechaniker kroch ölverschmiert unter einem Lastwagen hervor, als er seinen Namen rufen hörte. Inspektor Azémar erkundigte sich nach seinem Nissan und erhielt die wenig überraschende Auskunft, dass die Arbeiten zur Ausbesserung der Einschüsse in der Karosserie mehrere Tage dauern würden. Die Projektile hatten aber auch weitere Schäden verursacht, die repariert werden mussten. »Wenn es nur die Karosserie wäre, dann könnte ich Ihnen garantieren, wann es fertig ist. Aber nach genauer Begutachtung muss ich ehrlich mit Ihnen sein, Herr Inspektor. Vielleicht müssen Sie sich letztlich doch ein anderes Auto kaufen. Ich werde mein Möglichstes tun, um das zu verhindern.« Das Geld von Madame Lebrenier drohte nach diesem wilden Feuerüberfall zu schmelzen wie Butter in der Sonne. Sollte er diese

Banditen eines Tages erwischen, würde er sie hundertfach dafür bezahlen lassen. »Ich brauche ein Auto für heute Abend«, sagte Dieuswalwe Azémar. »Kannst du eines für mich auftreiben? Ich kann auf keinem Fall ein Dienstfahrzeug benutzen, sie sind zu bekannt.« Willio zögerte. Er wäre in einer dummen Lage, wenn man ihm eines seiner Fahrzeuge in einem Zustand wie den Nissan zurückbringen würde. Dieuswalwe Azémar versicherte sehr halbherzig, er werde den Wagen in gutem Zustand zurückgeben. Er wollte nur mit einer neuen Eroberung eine Tour machen, log er. Der Mechaniker versprach ihm das Fahrzeug für achtzehn Uhr. In diesem Moment wurde im Radio die meistgehörte Nachrichtensendung ausgestrahlt. Mehrere Tote bei Zusammenstößen zwischen den Mitgliedern einer Gang, die um die Kontrolle bestimmter Viertel im Südwesten der Hauptstadt stritten! Ti-Jilèt, der bekannte Chef, hatte eine Strafexpedition gegen seinen ehemaligen Stellvertreter Capitaine gestartet, der sich selbst zum Kommandanten der Zone ernannt hatte. Die Kämpfe hatten über zwei Stunden gedauert. Ti-Jilèt hatte den Rückzug antreten müssen, und mehrere seiner Männer waren auf der Strecke geblieben. Unter der Bevölkerung waren zahlreiche Verletzte zu beklagen. In den Vierteln herrschte Panik. Laut dem Journalisten verließen Dutzende Personen ihre Häuser und suchten anderswo Zuflucht. Die Polizei hatte nicht eingegriffen. Oft waren die Banden besser bewaffnet als die Ordnungshüter.

Der Inspektor verabschiedete sich von Willio und beschloss, sich in ein Restaurant in einer Straße nahe am Büro zu flüchten, wo er für gewöhnlich zu Mittag aß. Es war bereits sechzehn Uhr. Die Küche bot nur noch Sandwiches an. Er bestellte zwei Schinkensandwiches mit einem großen Glas Papayasaft, das Ganze würde er mit zwei oder drei Flaschen Bier begießen. Er hatte die Sandwiches fast aufgegessen, als die Tür des Restaurants aufging und die massige Gestalt von Kommissar Dulourd hindurchließ. Der Kommissar setzte sich, ohne um Erlaubnis zu fragen, an den Tisch des Inspektors.

»Man hat mir gerade gesagt, dass ich Sie hier finden könnte, Inspektor Azémar.«

»Stehe ich unter Bewachung?«, fragte der Inspektor.

Der Kommissar ließ die Frage seines Untergebenen unbeantwortet. Er sah ihn nur mit einem zwielichtigen Blick an.

»Wie kommen sie im Fall Mademoiselle Lebrenier voran?«

Der Inspektor öffnete ein Bier und trank es, ohne sich vor seinem Vorgesetzten zu genieren, in einem Zug direkt aus der Flasche.

»Wie heißt es so schön auf Kreolisch, wenn jemand nicht weiß, worauf er sich einlässt? *W ap konn Georges*, du wirst Georges schon kennenlernen. Das könnte auf diesen Kater gut passen«, sagte der Inspektor, den die Flasche Bier sichtlich gestärkt hatte.

»Meinen Sie, Sie finden ihn wieder?«

»Ich weiß es noch nicht«, antwortete Azémar.

»Jetzt mal ernsthaft«, knurrte der Kommissar. »Mademoiselle Lebrenier ist eine gute Freundin, das habe ich ihr jetzt genug bewiesen.«

»Das heißt?«

»Das heißt, dass ich das Talent meines besten Mannes nicht mehr weiter an diese aberwitzige Geschichte verschwenden will. So was ist für die Katz.«

»Schon wieder!«, bemerkte der Inspektor ironisch.

Die Worte des Kommissar klangen falsch.

»Wir haben einen neuen Mord«, verkündete Dulourd. »Ein im Viertel Carrefour-Feuilles gut bekannter *kaka-kleren*. Man hat ihm die Kehle durchgeschnitten, als er allein nach Hause ging. Es war gerade ein Uhr morgens. Er war der persönliche Freund eines einflussreichen Senators. Dieser fordert den Kopf des Schuldigen so bald wie möglich.«

»Beim Mord lügt er nicht«, dachte Inspektor Azémar. »Aber bei allem Übrigen ganz bestimmt. Freund eines Senators! Das ist ein Märchen, das er mir erzählt, um seine Kehrtwendung in dieser Sache zu erklären.«

»Nehmen Sie die Ermittlungen gleich morgen wieder auf«, fuhr Dulourd fort. »Als Geschenk erlasse ich Ihnen die fünfundzwanzig Prozent. Das haben Sie redlich verdient. Was den neuen Mord betrifft, so finden Sie alle Unterlagen auf Ihrem Schreibtisch.«

Er erhob sich martialisch, denn er konnte seine militärischen Reflexe nicht ablegen.

»Ab Morgen keine Rede mehr von Mademoiselle Lebrenier. Viel Glück, Inspektor.«

Dieuswalwe Azémar sah zu, wie er wegging. Nachdenklich öffnete er sein zweites Bier.

*

Nachdem er das Auto von Willio übernommen hatte, einen alten Toyota-Jeep mit Automatikgetriebe, fuhr er etwa zehn Minuten aufs Geratewohl umher, um sich zu vergewissern, dass ihm niemand folgte. Mehr aus grundsätzlicher Sorgfalt. Wenn Willio nicht mit jemandem gesprochen hatte, der in irgendeiner Verbindung zu seinen Feinden stand, was äußerst unwahrscheinlich war, da der Inspektor die Diskretion des Mechanikers schon oft überprüft hatte, dann war seine Anonymität in diesem Fahrzeug mit getönten Scheiben gewährleistet. Er hätte diesen für einen Polizisten seines Schlages etwas ... frivolen Fall aufgeben können. Kommissar Dulourd hatte es verlangt. Dass der Kommissar ihm aber die fünfundzwanzig Prozent erließ – korrupte Leute sind knausrig –, löste in seinem Gehirn Alarm aus. Zu viele waren an diesem Kater interessiert. Der Wahnsinn, die Verrücktheiten schufen eine Welt, in der die Menschen in der schlimmsten Dekadenz versanken. Man musste sich gelegentlich in dieser Welt umtreiben, in sie eintauchen, um Antwort auf gewisse Fragen zu erhalten. Er wollte herausfinden, aufdecken, was sich hinter alldem verbarg, auch wenn ihm der Himmel auf den Kopf fallen sollte. *W ap konn Georges!* Er rief Maissa an, damit sie am Straßenrand auf ihn wartete. Er würde die Treppen nicht noch einmal hinuntersteigen. Kaum hatte er den Jeep geparkt, als auch schon jemand an die Tür klopfte. Es war Maissa. Er ließ sie sofort einsteigen. Guirand, der anwesend war, tat kund, dass er lieber nach Hause wollte. Er hatte für diesen Tag genug Emotionen erlebt. Der Inspektor fuhr sofort los.

»Hast du die Nachrichten gehört?«, fragte Dieuswalwe Azémar Maissa.

»Ti-Jilèt hat versucht, Capitaine zu überrumpeln, aber das wird ihm nicht gelingen. Capitaine hat viele Unterstützer. Sonst hätte er sich nicht von seinem Freund abgewendet.«

»Unterstützer?«

»Ja. Sogar in der Polizei. Auch unter den Politikern.«

»Warum?«, erkundigte sich der Inspektor.

Die Bandenkriminalität war nicht sein Gebiet. Er verfolgte die Fälle von Weitem wie viele Bürger. Er wusste nur, und das war elementarste Logik, dass diese bewaffneten Gruppen, die in bestimmten Kleine-Leute-Vierteln wüteten, von denen unterhalten wurden, die davon profitierten, dass dort eine Ordnung der primitivsten Art herrschte. Maissa zuckte mit den Schultern.

»Bei Wahlen fährt der die meisten Stimmen ein, dem die Banden gestatten, sich in ihren Hochburgen frei zu bewegen.«

»Das Ganze ist also politisch?«

»Was denn sonst?«, antwortete Maissa mit missmutiger Miene.

Der Inspektor beobachtete sie beim Fahren. Sie war trotz ihrer Kälte von unleugbarer Schönheit. Hinter der Kälte ahnte er die Flammen der Hölle. Sie war wirklich Erzulie Dantor, jene Göttin, deren Gunst so viele Männer suchten. Der Sex mit einer solchen Frau müsste extrem heiß sein. Das Feuer der Körper in Transe an der Grenze zur Hölle und ihren Flammen! Mit der letzten Erektion den Tod begrüßen, ihm eine lange Nase drehen! Die letzte Regung des Triebs in perfekter Harmonie mit dem Atem der Abgründe! Würde er zögern, wenn er die Gelegenheit hätte, Maissa zu besitzen? Offenbar spürte sie das stürmische Interesse des Inspektors.

»Würdest du dich trauen?«, fragte sie unvermittelt.

»Was?«

»Mit mir zu schlafen.«

Seine Kehle wurde plötzlich trocken. Eine Erektion. Er hatte keinen *soro*. Er hatte sich vorgenommen, sich auf dem Rückweg neuen zu beschaffen.

»Meine Augen haben dir gefallen«, sagte der Inspektor. »Du erinnerst mich an eine Frau, die ich geliebt habe. Ich habe sie zu schnell verloren. Vielleicht macht der Himmel sich über mich lustig.«

»Der Himmel macht sich immer über uns lustig. Aber deine Augen gefallen mir wirklich.«

Sie schwiegen, bis sie vor der Kirche waren, wo Gläubige trotz der späten Stunde an den geschlossenen Gittern ihre Gebete verrichteten. Auf den Gehsteigen standen noch Verkäufer von Kerzen, Ikonen, heiligen Bildern und Gesangbüchern herum. Es war der Vorabend des Patronatsfestes. Maissa schlug dem Inspektor vor, nach links in eine unbefestigte Straße einzubiegen. Die Fahrzeuge gewährten ihm Vorfahrt, als hätten die Fahrer erkannt, dass er ein »Chef« war. Maissa empfahl, langsam zu fahren. Sie drangen in ein Viertel der wohlhabenden Mittelklasse mit großen Mietwohnungskomplexen aus Beton vor.

»Hier ist es nicht«, sagte Maissa betrübt. »Kehren wir auf die Avenue zurück.«

Eine zweite und eine dritte Erkundung waren ebenfalls vergeblich.

»Ich bin sicher, dass die Straße, die ich gesehen habe, hier in der Gegend ist. Ich habe das Kreuz der Kirche genau erkannt. So, wie ich es gesehen habe, stand ich auf dieser Seite der Avenue.«

»Suchen wir weiter«, sagte der Inspektor.

Er bog in eine weitere unbefestigte Straße ein. Zu beiden Seiten standen Autowracks. Zwei Polizisten saßen auf der Motorhaube eines Polizeiwagens mit vier platten Reifen. Weiter hinten betete ein protestantischer Pastor für eine Schar Gläubiger in einem großen Zelt, das als Kirche diente. Die festgefahrene Erde wich einer Asphaltdecke, die jedoch voller Schlammlöcher war. Eine Verkäuferin von frittiertem Essen wurde von Kunden belagert. Dem Inspektor wurde übel vom Geruch des Frittierfetts.

»Hier ist es«, sagte Maissa.

Sie zeigte auf ein niedriges, noch im Bau befindliches Haus. Aufgestapelte Mauersteine und zwei Haufen Sand vor einem roten Eisentor, dessen beide Flügel weit offen standen. Aus dem Haus drang kein Licht. Im Hof parkte ein Lastwagen zum Transport von Baumaterial.

»Ich kenne dieses Haus«, informierte Maissa den Inspektor. »Ich wusste nicht, dass Capitaine Manbo* Nia konsultiert. Dahinter liegt ein *peristil**.

»Glaubst du wirklich, dass der Kater hier ist?«, fragte der Inspektor.

»Ich habe das hier mit Georges' Augen gesehen«, beharrte Maissa. »Ich irre mich nicht.«

»Ich parke ein paar Meter weiter unten. Du bleibst im Auto.«

»Warum sollte ich hier warten?«, sträubte sie sich. »Und wenn du dich mit dem Kater davonmachst?«

Der Inspektor drückte der jungen Frau mit festem Griff die Schulter zusammen. Sie machte sich wütend los.

»Hör zu, Schätzchen«, sagte der Inspektor ruhig, »erstens bist du keine Hilfe, wenn es Stunk gibt. Und zweitens bringe ich den Kater, wenn ich ihn finde, seiner Besitzerin zurück. Du kannst dich glücklich schätzen, wenn das Vieh nicht in den Magen von Capitaine wandert, denn wenn ich dir glauben darf, ist dein Liebhaber dann die längste Zeit Chef gewesen.«

»Wie kommst du darauf, dass ich Ti-Jilèt für immer als Liebhaber behalten will?«

»Das, Schätzchen, ist deine Sache, nicht meine.«

Er parkte das Auto in einem dunklen Bereich in der Nähe eines großen Mandelbaums, der über die Begrenzungsmauer eines Hofs hinausreichte und seine trockenen Blätter auf den Bürgersteig fallen ließ.

»Du hast meine Telefonnummer. Bei Alarm sag mir sofort Bescheid.«

Er vergewisserte sich, dass seine Pistole durchgeladen war, steckte sie unter dem Hemd an seinen Gürtel, stieg aus dem Jeep und ging auf das Haus zu, das Maissa ihm gezeigt hatte. In seiner Jugend hatte er einige Jahre lang Theaterkurse besucht. Unter solchen Umständen erinnerte er sich gern der Ratschläge seines Lehrers, eines sehr bekannten Schauspielers. Sie ermöglichten es ihm, in der Menge unterzugehen, wie ein harmloser Bürger zu wirken. Er beschloss, sich heute Abend als Makler auszugeben, der Häuser für seine Kunden suchte. In Port-au-Prince und seinen Vorstädten herrschte akute Wohnungsnot. Eine solche Tarnung war glaubhaft. Er ging durch das offene Tor des Anwesens. Niemand. Von innen war aus einem schlechten Gerät ein Hit des Orchestre Tropicana zu hören. Vielleicht der Wächter. Der Inspektor klopfte an die Tür. Die Musik wurde ausgeschaltet. Ein Mann mit einem Galgengesicht in Jeans und einem einfachen kurzärmligen Hemd öffnete. In der Hand hielt er – sehr ungeschickt – einen Karabiner.

»Guten Abend«, sagte der Inspektor.

»Guten Abend«, sagte der Mann und musterte Dieuswalwe Azémar rasch. »Was willst du?«

»Ich bin Makler«, sagte der Inspektor. »Gibt es hier Zimmer zu vermieten?«

Der Mann sah ihn verächtlich an.

»Du hast wohl zu viel *kleren* getrunken, mein Freund. Hast du nicht die Fahne am Haus gesehen? Hier ist das *peristil* von Manbo Nia. Frag woanders.«

Er wollte die Tür schließen. Inspektor Azémars Hand schnellte mit einer Kraft vor, die sein Aussehen nicht vermuten ließen. Er brachte den Karabiner an sich, während der Lauf seiner Pistole sich an die Schläfe des Wächters drückte.

»Ganz ruhig«, flüsterte Azémar. »Ich will dir nichts tun.«

Er stieß den verängstigten Wächter in ein Zimmer im Inneren. Immer noch niemand. Auf dem Boden waren Baumaterialien aufgestapelt. Er erblickte ein vergittertes Fenster, befahl dem Wächter, die Hände zu heben, und kettete ihn mit den Handschellen an die Eisenstäbe.

»Töte mich nicht«, flehte der Wächter. »Ich habe eine Frau und Kinder.«

»Wenn du wüsstest, wie viele Schufte mich mit diesem Argument davon abhalten wollten, ihnen eine Kugel in den Kopf zu jagen, dann würdest du den Mund halten und zu Gott beten.«

»Was willst du?«, stöhnte der Wächter.

»Warum ist hier niemand?«, fragte der Polizist.

»Sie sind das Nötige für eine Zeremonie holen gegangen.«

»Was für eine Zeremonie?«

»Ich weiß es nicht. Es war von der Übertragung der Kräfte einer Katze die Rede. Ich habe von sowas noch nie gehört.«

»Für wen ist die Zeremonie?«

Der Wächter zögerte. Er begann zu schwitzen.

»Ich sterbe so oder so«, schluchzte er. »Ich mache diesen Job nur, um meine Kinder zu ernähren.«

»Wenn du's mir sagst, dann kann wenigstens ich dich verschonen«, grollte Azémar. »Für wen ist die Zeremonie?«

»Für einen Bandenchef. Capitaine. Das ist ein Killer. Töten ist für ihn wie Atmen.«

Maissa hatte Recht gehabt. Das Mädchen besaß wirklich besondere Kräfte. Sie konnte diese ganze Komödie nicht inszeniert haben, damit er sich hier wiederfand.

»Wo ist die Katze?«, fragte Azémar.

»Hinten. Im *peristil*. Aber sie kommen gleich zurück.«

»Gibt es einen Schlüssel dazu?«

»Die Tür ist offen. Erbarmen, lass mich laufen.«

»Wenn ich die Katze habe«, versprach der Inspektor.

Mit der Waffe in der Hand und im Licht der Lampe seines Telefons durchquerte er zwei weitere leere Zimmer und trat durch eine letzte Tür in einen unkrautbewachsenen Hof. Das *peristil* war eine große Hütte, auf deren Blechdach eine schwarzrote Fahne wehte. Er beeilte sich. Der Wächter hatte ihn gewarnt, dass die Hausherren bald zurück sein würden. Im Inneren des Tempels fielen einen die üblichen Gerüche an. Weihrauch. Zuckerrohrschnaps. Schlechtes Parfum, auf das einige Geister angeblich versessen waren. Um den *poto-mitan* herum brannten Kerzen. In einer Ecke des Raums erblickte der Inspektor den Kater angebunden an einem Pfahl. Man hatte dem schwarzen Perser eine Kürbisschale voll Milch hingestellt. Er hatte sie nicht angerührt. Dieuswalwe Azémar näherte sich dem Tier. Der Kater machte einen Buckel, fuhr die Krallen aus und fauchte ihn an.

»Georges«, murmelte er. »Georges. Dein Frauchen schickt mich. Georges ... Georges ...«

Der Kater beruhigte sich. In seinen schönen grünen Pupillen schimmerte so etwas wie Intelligenz auf. Ein seltsames Tier. Dieser Eindruck kam bestimmt von all dem, was er über diesen Kater gehört hatte. Der Inspektor erstarrte plötzlich, als er den Lauf einer Waffe im Nacken spürte.

»Reichen Sie mir langsam Ihre Waffe. Griff voran, und keine plötzliche Bewegung, Inspektor. Drehen Sie sich nicht um.«

Er erkannte die Stimme. Er hatte keine Wahl und übergab die Waffe.

»Kommissar Dulourd! Was machen Sie hier?«

»Ich hatte Sie gebeten, die Ermittlungen einzustellen. Hände hinter den Rücken, schnell.«

Er wagte nicht zu reagieren, zumal sein *garde* zu schlafen schien. Er war von einem Profi überrascht worden. Ihm wurden Handschellen angelegt.

»Sagen Sie mir, was das zu bedeuten hat, Herr Kommissar.«

»Das brauchen Sie nicht zu wissen, Inspektor.«

Ein heftiger Schlag mit dem Griff der Waffe traf ihn im Nacken. Dieuswalwe Azémar brach zusammen, sein Kopf brannte in einer Art halb bewusstem Zustand. Er sah, wie ein verschwommener Schatten sich über den Kater beugte. Er hörte das Miauen von Georges. Dann eine heftige Schießerei. Sein Kopf schmerzte noch mehr. Er verlor das Bewusstsein.

*

Die Klinge der Machete vertrieb die Finsternis mit den Funken, die ihre Reibung mit der Luft hervorrief. Sie sauste so schnell nieder, dass sie den Hals mit Leichtigkeit durchtrennte. Der Kopf, immer noch der einer Frau, fiel zu seinen Füßen. Ein Blutstrahl befleckte sein Gesicht. Er roch das Blut und schmeckte es auf seinen Lippen. Sein eigenes Blut. Der Aufprall der Faust auf seinem Gesicht weckte ihn. Vorher hatte man ihm wohl einen Eimer kaltes Wasser über den Kopf geschüttet, denn sein Hemd war durchnässt. Man hatte ihn auf einen Stuhl gesetzt und seine Hände mit Handschellen hinter die Lehne gefesselt.

»Wach auf, wir haben mit dir zu reden, du Hurensohn!«, brüllte jemand.

Er begann klarer zu sehen. Sie standen zu dritt vor ihm, darunter eine wie eine *manbo* gekleidete Frau. Die Aufmerksamkeit des Inspektors galt dem, der gerade geschrien hatte. Kaum zwanzig Jahre alt. Mager. Hochgewachsen. Knochiges Gesicht. Er sah aus wie ein *banda*-Tänzer*. Er trug eine schwarze Jeans und ein ebenfalls schwarzes Trikot. Über der Schulter eine Maschinenpistole, eine, wie sie die Polizisten auf Patrouille benutzten. An seinem Gürtel steckte eine Pistole, eine andere hielt er in der Hand. Seine Augen waren blutrot, und er verströmte einen abstoßenden Körpergeruch. Eine Mischung aus Schweiß, Urin und Alkohol. Er musste ernstliche Gesundheitsprobleme haben.

»Ich bin Capitaine«, brüllte der Mann. »Was machst du hier? Wer hat meinen Kater weggenommen?«

Da der Inspektor nicht antwortete, schoss der Bandit zweimal. Die Kugeln pfiffen über den Kopf des Inspektors hinweg.

»Wer hat meinen Kater mitgenommen? Wir haben deinen Freund abgeknallt und durchsucht. Ein Kommissar! Dicker Fisch! Er konnte den Kater noch den Leuten übergeben, die auf ihn gewartet haben.«

Die Sache wurde kompliziert. Komplizierter, als er es sich je vorgestellt hätte.

»Ich bin nicht mit dem Kommissar gekommen. Warum hätte er mich sonst niederschlagen und fesseln sollen?«

Capitaine trat näher und drückte ihm den Lauf seiner Waffe auf die Lippen.

»Nenn mir einen Grund, dir nicht das Hirn wegzublasen.«

Die *manbo* ging dazwischen.

»Lass ihn reden, Capitaine. Vielleicht ist er wirklich nicht mit dem Kommissar gekommen. Wir müssen herausbekommen, wer deinen Kater mitgenommen hat.«

»Das wüsste ich auch gern«, sagte der Inspektor.

Ein weiterer Fausthieb traf ihn. Diesmal in die Magengrube. Ihm blieb die Luft weg, und er übergab sich.

»Er hat meine schönen Schuhe verdreckt!«, kläffte Capitaine. »Er hat meine schönen Schuhe verdreckt. Ich muss ihm die Eingeweide rauslassen.«

Die *manbo* ging erneut dazwischen.

»Beruhige dich, Capitaine. Du brauchst die Kräfte des Katers. Dann machst du Ti-Jilèt und die anderen mit Links fertig und wirst der größte Chef der ganzen Stadt. Dafür brauchen wir den Kater.«

Die *manbo* hob das Gesicht des Inspektors an. Sie war ungeheuer dick. Ein Mondgesicht. Der Inspektor fragte sich, ob sie an Trisomie litt.

»Was hattest du hier zu suchen?«

»Wo ist der Kommissar?«, fragte Dieuswalwe Azémar.

»Tot«, antwortete die *manbo*. »Wir entsorgen die Leiche weit weg von hier. Es hat eine Schießerei mit den Leuten gegeben, denen er den Kater übergeben hat. Sie saßen in einem Jeep. Sie sind entkommen, der Kommissar nicht.«

Sie sprach ruhig. Intelligent, dachte der Inspektor. Er musste sie nicht weniger fürchten als den Schießwütigen, der sich mit Capitaine anreden ließ.

»Ich arbeite für Mademoiselle Lebrenier, die Besitzerin des Katers.«

»Der Kater gehört mir!«, brüllte Capitaine.

»Was weißt du schon über den Kater?«, fragte der Inspektor, dessen Gehirn auf Hochtouren lief. »Wer weiß denn genau, wie man sich die Kräfte von Georges, dem Bruder von Mademoiselle Lebrenier, aneignen kann? Das wäre sehr schlecht ausgegangen.«

Die Augen des Banditen leuchteten interessiert auf. Er sah die *manbo* an.

»Stimmt das, was er sagt?«

Die *manbo* beugte sich zu dem Inspektor.

»Du lügst, um deine Haut zu retten.«

»Dann tötet mich eben. Lass Capitaine Georges essen, und du wirst sehen, wie ihm nach drei Tagen Würmer aus allen Körperöffnungen kriechen, bis er unter grausigen Qualen stirbt. Ich war damals bei Marasa, als er den Kater für Georges hergerichtet hat. Ich bin ein ehemaliger Polizist. Ich war der Partner von Georges.«

»Warum sollte ich keine Übertragung der Kräfte vornehmen können?«, fragte Capitaine.

»Weil es ein Wort gibt. Ein Zauberwort.«

Die *manbo* und der Bandit sahen sich an.

»Ja, ein Zauberwort«, beharrte der Inspektor. »Der Kater ist darauf dressiert, es nur mir zu geben. Deswegen ist es wichtig für Mademoiselle Lebrenier, dass ich ihn wiederfinde.«

Was er erzählte, hatte weder Hand noch Fuß, aber in dieser Geschichte gab es keinerlei Logik. Eine mörderische Posse. Seine einzige Chance war, in der Logik des Wahnsinns zu bleiben und Vabanque zu spielen.

»Mademoiselle Lebrenier zahlt mir fünfzehntausend US-Dollar«, beklagte sich der Inspektor zum Schein. »Sie ist ausgesprochen geizig, mehr will sie mir nicht geben.«

»Ich bring ihn um!«, brüllte der Bandit.

Er stieß die *manbo* beiseite und stürzte sich mit einem Dolch in der Hand auf den Inspektor. Dieser glaubte seine letzte Stunde gekommen, als der *garde* in seinem Arm erwachte. Wie bei einem Schlangenmenschen gingen die Arme des Inspektors in die Höhe und schwenkten trotz der Handschellen über seinen Kopf. Azémar wich dem Messerstich des Banditen aus und bekam Capitaine am Hals zu fassen. Nun wurde dieser plötzlich von einer Kraft gefangen gehalten, der er nicht widerstehen konnte. Der andere Bandit, der Capitaine begleitete, wollte eingreifen, aber eine trockene Anweisung der *manbo* stoppte ihn.

»Bleib ruhig. Er hat einen *garde* bei sich, du könntest deinen Chef umbringen.«

Der Inspektor hielt Capitaine fest umklammert. Der Gangster bekam kaum Luft.

»Den Schlüssel von den Handschellen«, befahl der Inspektor. »Der Kommissar hatte ihn. Wo ist er jetzt?«

»Wir haben ihn an uns genommen, als wir die Leiche durchsucht haben«, sagte die *manbo.*

Sie stieß Capitaines Leibwächter an der Schulter an.

»Gib ihm den Schlüssel. Gehorche.«

Der Mann zog den Schlüssel aus der Tasche und reichte ihn Dieuswalwe Azémar. Dieser befreite sich von den Handschellen und nahm Capitaine eine seiner Pistolen ab.

»Jetzt können wir frei reden«, sagte er.

Er nahm auch die beiden anderen Waffen von Capitaine an sich. Der Leibwächter versuchte sein Glück. Er hatte einen Revolver gezogen, den er verborgen hinter dem Rücken am Gürtel getragen hatte. Dieuswalwe Azémar war schneller als er.

»Du kannst Capitaine töten«, stammelte die unter Schock stehende *manbo*, »aber du hast keinen Grund, mir das Leben zu nehmen. Sie haben den Kater hierher gebracht.«

Capitaine war mit ausgebreiteten Armen auf die Knie gesunken.

»Tu mir nichts! Ich will nur das Leben von meinen Brüdern und Schwestern verbessern, ich schwör. Ich bin kein Mörder, ich schwör. Wir haben keine Wahl, das weißt du besser als ich, Bruder. Wir können uns verständigen. Ich kann dir mehr geben, als die Frau, für die du arbeitest, ich schwör.«

»Wieviel?«, fragte Dieuswalwe Azémar und dachte sich dabei, dass diese Katzenaffäre ihn zu einem durch und durch käuflichen Menschen machte.

»Ich kann leicht dreißigtausend Dollar für dich auftreiben, ich schwör. Greenbacks. Cash.«

»Du interessierst mich«, sagte Dieuswalwe Azémar. Er setzte sich, bedrohte Capitaine aber weiter mit seiner Waffe.

»Du tötest mich nicht, oder?«, flennte Capitaine. »Wir können safe zusammenarbeiten. Eines Tages hauen wir all diesen reichen Schweinen und Politikern den Kopf ab.«

»Zusammenarbeiten! Du träumst wohl. Ich kann dich am Leben lassen, wenn du mir sagst, was aus dem Kater geworden ist.«

Capitaines ganze Überheblichkeit war dahin. Von der Angst war das wenige Fleisch, das er unter der Haut hatte, dahingeschmolzen. Sein Hemd klebte an seinem Körper, und sein Geruch war noch ekelerregender. Die begangenen Untaten, die Toten, für die er verantwortlich war, all das verlieh ihm eine Aura, von der einem übel werden konnte. Er wirkte wie eine Mumie.

»Als wir hier angekommen sind, haben Manbo Nia und ich diesen Mann gesehen, den Kommissar, der mit Männern in einem weißen Jeep gesprochen hat. Wir haben sofort gemerkt, dass er unseren Kater unterm Arm hatte. Wir sind aus dem Auto gesprungen und haben das Feuer eröffnet. Sie haben zurückgeschossen. Der Kommissar hatte noch die Zeit, den Kater zu übergeben. Wir haben ihn erwischt, bevor in sein Fahrzeug einsteigen konnte. Die anderen sind mit dem Jeep geflohen.«

»Den Kater habt ihr hoffentlich nicht getroffen«, erkundigte sich Dieuswalwe Azémar besorgt.

Capitaine machte große Augen, als er diese ihm unsinnig erscheinenden Worte hörte.

»Das ist doch Georges! Dem können Kugeln nichts anhaben.«

»Ach ja«, sagte der Inspektor, »dieses wichtige Detail habe

ich vergessen. Die ganze Scheiße nur, weil die Leute von diesem Kater glauben, dass er besondere Kräfte besitzt, nämlich Unverwundbarkeit durch Kugeln, und dass der, der ihn frisst, ebenfalls unverwundbar wird. Armer Kater.«

Capitaine versuchte, in eine seiner Gesäßtaschen zu greifen. Der Lauf von Dieuswalwe Azémars Waffe ließ ihn von seinem Vorhaben ablassen.

»Ganz ruhig, mein Freund«, riet ihm der Inspektor. »Ich möchte nicht zu früh mit dir Schluss machen. Und außerdem hast du noch eine Chance.«

»Wir arbeiten zusammen, safe?«, flehte Capitaine.

Er erneuerte sein Angebot.

»Dreißigtausend Dollar, ich schwör. Dreißigtausend Dollar.«

»Kennst du die Leute, die auf den Kommissar gewartet haben?«, fragte der Inspektor, den Vorschlag des Banditen ignorierend.

Capitaine schüttelte den Kopf.

»Nein. Es war ein Fahrzeug ohne Nummernschilder. Ein weißer Jeep.«

»Wo ist die Leiche des Kommissars?«

»Ich habe meine Männer beauftragt, sie weit weg von hier verschwinden zu lassen. So schnell wird er nicht gefunden.«

»Ihr habt ihn sicher durchsucht. Hatte er kein Telefon dabei?«

Capitaine zeigte auf die Leiche seines Leibwächters auf dem Boden.

»Er hat es«, sagte er.

Mehr konnte er aus dem Banditen nicht herausbekommen. Er zielte auf die Stirn und erschoss ihn. Die *manbo* verharrte stocksteif. Ein weiterer ekelerregender Geruch erfüllte das *peristil*. Am Bein der dicken Frau floss eine gelbliche Masse entlang. Vor Schreck hatte ihr Afterschließmuskel versagt.

»Töten Sie mich nicht«, schluchzte sie. »Ich habe mit alldem nichts zu tun. Sie haben mir nur den Kater gebracht.«

Der Inspektor zeigte ihr seinen linken Arm.

»Kannst du mir das hier entfernen?«

Sie schüttelte den Kopf.

»Wenn einem dieser *garde* eingenäht wird, kann niemand ihn entfernen.«

»Pech für dich«, sagte Dieuswalwe Azémar mit dem Finger auf dem Abzug.

»Ich habe die dreißigtausend Dollar«, sagte sie eilig. »Ich kann sie dir jetzt geben.«

Dieuswalwe Azémar versetzte ihr einen Stoß.

»Beeil dich. Ich habe keine Zeit zu verlieren. Und probier keine Tricks. Ich bin mit dem Finger schnell am Abzug, wie du gerade feststellen konntest.«

Die *manbo* stank. Sie ging zu einer kleinen Tür im Hintergrund des Raums und öffnete sie. Der Inspektor folgte ihr vorsichtig. Das kleine Zimmer war eingerichtet wie ein Büro. Auf einem Tisch ein Computer und ein Drucker. An der Wand ein Fernseher mit Flachbildschirm. Die dicke Frau öffnete die Schiebetür eines Wandschranks aus Metall, nahm einen gelben Umschlag von einem Brett und reichte ihn dem Inspektor.

»Da«, sagte sie. »Du kannst nachzählen. Die Summe, die Capitaine dir geboten hat.«

Er klemmte sich den Umschlag unter den Arm. Er konnte die *manbo* exekutieren. Marasa, seinen Bruder und seine Diener! Landeng! Man Nia! Das wäre zu viel. Er würde sich zu viele Leute zu Feinden machen. Vielleicht musste er seine Wut nun auf andere Weise kanalisieren. Im Moment war die Frau keine Bedrohung.

»Ich habe keinerlei Lust, dich zu töten«, sagte der Inspektor. »Aber wenn du mich dazu zwingst, indem du mit irgendjemandem darüber sprichst, dann schieße ich nicht daneben.«

»Ich sage nichts«, versprach Manbo Nia mit kaum hörbarer Stimme.

Er hielt seine Waffe weiter auf die *manbo* gerichtet, während er sein Telefon hervorzog und die Nummer von Wachtmeister Patrick wählte. Dieser nahm sofort ab.

»Wachtmeister Patrick, ich muss Sie um einen Gefallen bitten.«

»Ich höre, Herr Inspektor.«

»Ich möchte, dass Sie sofort eine Leiche für mich abholen. Halten Sie sich gut fest: Es ist die Leiche von Capitaine.«

»Der Gangster! Die ehemalige rechte Hand von Ti-Jilèt?«

»Ja. Ich gebe Ihnen die Adresse. Finden Sie eine vertrauenswürdige private Leichenhalle und schaffen Sie ihn vorläufig dorthin. Außer Ihnen und mir darf keiner wissen, wer die Leiche ist. Wenn Sie weitere Tote finden, säubern Sie den Tatort. Wichtig für mich ist Capitaine.«

»Schon so gut wie erledigt, Herr Inspektor.«

»Im Büro darf keiner Bescheid wissen.«

»Alles verstanden, Herr Inspektor. Ich bin stolz darauf, mit Ihnen zu arbeiten.«

Dieuswalwe Azémar legte auf. Vorläufig vertraute er Wachtmeister Patrick, der ihm vollständig ergeben war. Mit Wachtmeister Colin war es genauso gewesen. Hoffentlich würde sich das Szenario nicht wiederholen, dachte er. Er wandte sich an die *manbo*:

»Du solltest von der Bildfläche verschwinden. Zu viele Leute haben Fragen an dich. Man wird dich nicht am Leben lassen.«

»Ich bleibe unsichtbar und stumm, Herr Inspektor«, versprach die *manbo* und faltete in einer Gebetspose die Hände.

Der Inspektor verließ rückwärts den Raum, den Finger auf dem Abzug. Die dicke Frau sank auf ein Sofa. Sie war in Ohnmacht gefallen. Der Polizist durchsuchte die Leiche des Soldaten von Capitaine. Er fand zwei Telefone, das eine musste das des Kommissars sein, denn der Bildschirm war mit Blut befleckt. Erleichtert nahm er seine Pistole wieder an sich: Man hatte sie Dulourd abgenommen. Der Sicherheitsmann, den Dieuswalwe Azémar an das Fenstergitter gekettet hatte, war tot, er hatte eine Kugel im Kopf. Das war entweder Dulourds oder Capitaines Werk. In diesen bewegten Zeiten hatte man als Securitymann in Port-au-Prince keinen ruhigen Job. Mochte er in Frieden ruhen. Dieuswalwe Azémar sah zu, dass er fortkam.

*

Der Inspektor klopfte an die Tür des Jeeps. Er hatte die junge Frau, die auf ihn wartete, fast vergessen. Sie öffnete ihm mit einer Voodoo-Gebetskette in der Hand.

»Mein Gott! Ich wusste nicht, was ich tun sollte. Nach den Schüssen habe ich mich gefragt, ob du noch am Leben warst.«

Er stieg ein, schob den Umschlag mit dem Geld heimlich unter den Sitz und fuhr sofort los. Polizeisirenen! Die Beamten waren von den Bewohnern des Viertels alarmiert worden. In Port-au-Prince durfte man sich bei Problemen nicht zu sehr auf die Polizei verlassen. Entweder kam sie zu spät oder man musste sich in Acht nehmen, denn die Gauner hatten oft Beziehungen.

»Bist du nicht verletzt?«, fragte sie und strich ihm über die Wange.

Die Geste verschaffte ihm so etwas wie Lust. Eine Welle der Frische flutete durch seinen Körper. Er wollte diese Frau. Er hätte am liebsten sofort angehalten und sie im Auto genommen. Ein Rest an Klarsichtigkeit flüsterte ihm zu, wie unvorsichtig es wäre, einem solchen Drang nachzugeben.

»Geht schon«, stammelte er mit erregtem Glied. »Es hat Tote gegeben. Capitaine.«

Sie drückte beide Hände auf ihre Brust.

»Capitaine! Er ist tot?«

»Er müsste tot sein.«

»Wo ist die Leiche?«

»Ich habe gesehen, wie zwei seiner Soldaten sie weggebracht haben«, log der Inspektor.

»Ti-Jilèt legt wirklich Wert darauf, das Herz von Capitaine mit dem Kater zu essen.«

»So oder so, er hat weder den Kater noch Capitaine.«

Sie zuckte mit den Schultern und bekreuzigte sich.

»Danke Jesus. Das Wichtigste ist, dass er tot ist.«

Der Inspektor sah sie mit einem nahezu empörten Blick an.

»Die Gebetskette und jetzt der Dank an Jesus«, murmelte er.

»Man darf nie alles auf eine Karte setzen«, rechtfertigte sie sich.

Er schüttelte den Kopf. Das war das Argument, warum man sowohl den Engeln als auch den Dämonen die Hand reichte, obwohl man nie wissen konnte, wer die Engel und wer die Dämonen waren.

»Und wo ist der Kater?«, fragte sie.

»Ich habe ihn gefunden. Aber jemand ist nach mir gekommen, darauf war ich nicht gefasst.«

»Wer? Ich habe niemanden gesehen, ich hätte dich gewarnt.«

»Kommissar Dulourd, mein Vorgesetzter. Ich versteh das alles nicht. Wegen einem Kater!«

»Einem Kater mit magischen Kräften«, beharrte Maissa.

Er trat brüsk auf die Bremse. Maissa wäre beinah gegen die Windschutzscheibe geflogen. Sie hatte sich nicht angeschnallt.

»Ich habe die Schnauze voll von diesen Geschichten von Katzen mit Zauberkräften! Ich kann den Blödsinn nicht mehr hören.«

Er war wirklich zornig. Maissa ignorierte seinen Wutanfall.

»Hat der Kommissar den Kater?«

»Nein. Der Kommissar ist tot.«

Sie schwieg und verstaute die Gebetskette in einer Tasche ihrer Bluse.

»Wer hat den Kater dann?«

»Das wüsste ich auch gern.«

»Willst du ihn wirklich wiederfinden? Wegen dem Geld von Mademoiselle Lebrenier?«

Er behielt lieber für sich, dass in dem Umschlag, den er heimlich unter den Sitz geschoben hatte, dreißigtausend Dollar steckten. Er war nicht mehr auf das Geld von Mademoiselle Lebrenier aus.

»Ja, wegen dem Geld von Mademoiselle Lebrenier«, log er.

Sie verschränkte die Arme über der Brust.

»Ich freue mich für Ti-Jilèt. Aber heute Abend bleibe ich bei dir.«

Obwohl er zerschlagen war, war ihm das nur zu recht. Am nächsten Tag würde er die Ermittlungen in dieser Sache auf andere Weise fortsetzen. Einige Einzelheiten entzogen sich seinem Verständnis. Warum und für wen wollte Dulourd den Kater wiederfinden?

»Eins hätte ich fast vergessen«, sagte Maissa. »Einige Minuten, nachdem du gegangen bist, ist ein weißer Jeep angekommen. Aber da niemand ausgestiegen ist, habe ich gedacht, das hat mit unserem Fall nichts zu tun. Einige junge Leute sind an dem Jeep vorbeigekommen, und als sie auf meiner Höhe waren, habe ich gehört, dass sie miteinander diskutiert haben, ob die Leute in dem Jeep Spanisch oder Portugiesisch gesprochen haben. Dann habe ich gesehen, wie dieser Mann auf den Jeep zukam. Aber ich schwör's dir, ich habe nicht gesehen, dass er einen Kater dabei hatte. Und dann habe ich die Schüsse gehört. Ich hatte eine Heidenangst, ich habe mich flach auf die Sitze gelegt, bis es wieder ruhig war.«

Sie legte ihm die Arme um den Hals.

»Genieß mich heute Nacht, mein Schatz. Morgen bin ich weg. Ich bin keine Frau für dich.«

Er dachte an Mireya, die Frau, die er in La Brésilienne geliebt hatte. An die Brasilianerin, die ihn töten wollte und sein Herz für einige Sekunden erobert hatte. Eine Frau für ihn? Der Himmel oder die Hölle würde ihm ein solches Geschenk nicht ausgerechnet jetzt machen. Aber bevor er nach Hause zurückkehrte, würde er sich einer Spur versichern, die sich aus den Ereignissen dieses Abends herausschälte. Seine Erfahrung hatte ihn gelehrt, dass schnelles Handeln einem immer einen Vorsprung vor dem Gegner verschaffte.

»Fahren wir zu dir«, insistierte Maissa.

»Vorher muss ich einen Freund besuchen. Für heute Abend ist das Gewitter vorbei.«

*

Er drückte dreimal auf die Klingel am Eingang des Appartmentkomplexes, in dem Michel wohnte. Der Inspektor hatte ihn nicht vorher anrufen wollen. Vielleicht war sein Freund nicht zu Hause. Eine verärgerte Stimme fragte über die Sprechanlage, wer zu dieser späten Stunde störte. Es war fast Mitternacht.

»Michel, hier ist Dieuswalwe. Ich muss dich sprechen.«

Gähnte sein Freund oder seufzte er? Vielleicht beides zugleich.

»Das wird schwierig. Warum nicht morgen?«

»Es ist dringend«, beharrte Azémar. »Ich kann nicht warten.«

»Wenn du allein bist, dann geht es auf keinen Fall. Absolut unmöglich.«

»Ich bin nicht allein«, sagte Dieuswalwe Azémar. »Ich bin in Begleitung einer reizenden jungen Frau. Es besteht keine Gefahr, dass man dir wegen meiner Wenigkeit eine Eifersuchtsszene macht.«

Ein weiterer Seufzer aus der Gegensprechanlage.

»Da hast du ja Glück. Komm rein, du weißt ja, wo's langgeht.«

Das Tor glitt gerade so weit beiseite, dass er mit Maissa

durchschlüpfen konnte. Er nahm die junge Frau an der Hand und führte sie zur Treppe und anschließend den mit einem Farnmuster tapezierten Flur entlang, der zu Michels Wohnung führte. Dieser wartete nicht einmal ab, bis der Inspektor an die Tür klopfte. Er empfing sie in einem Aufzug, der Maissa die Sprache verschlug: einem rosa Pyjama und einer weißen Spitzenbluse. Michel küsste den Inspektor schallend auf beide Wangen.

»Ich freue mich immer, dich zu sehen, Dieuswalwe, aber meine neue Liebe ist von der eifersüchtigen und gewalttätigen Sorte. Aber da deine Freundin dabei ist, besteht kein Risiko. Schau.«

Er zeigte auf ein Mal in seinem Gesicht.

»Erst gestern hat er mich geschlagen. Ich habe ihm gesagt, wenn er das noch mal macht, verlasse ich ihn. Aber wenn ich ihn verlasse, bringt er mich um, Dieuswalwe, er hängt so an mir. Willst du mir deine Freundin nicht vorstellen?«

»Das ist Maissa«, sagte der Inspektor. »Maissa, das ist Michel. Er hat mir immer wertvolle Dienste erwiesen.«

Der Informatiker begann zu schäkern:

»Weißt du, meine liebe Maissa, eigentlich ist da nur ein Dienst, den ich ihm gern erweisen würde.«

Er sprach leiser.

»Wenn Pepe mich hört, massakriert er mich.«

Dieuswalwe Azémar reichte seinem Freund das Telefon, das er Capitaines totem Soldaten abgenommen hatte.

»Ich brauche die Nummern, die in den letzten drei Tagen mit diesem Handy in Kontakt waren, Michel. Ich weiß nicht genau, was ich suche.«

»Das habe ich gleich«, sagte Michel, nahm das Telefon und setzte sich vor seinen bereits eingeschalteten Computer.

Maissa zeigte auf ein Sofa.

»Darf ich mich einen Moment hinlegen, Michel?«

»Fühl dich wie zu Hause, mein Schatz«, antwortete der Informatiker in kokettem Tonfall.

Er hatte das Handy bereits an den Rechner angeschlossen.

»Der Bildschirm des Telefons funktioniert nicht, er ist zerbrochen. Aber mich hält nichts auf. Gerade noch rechtzeitig!«

»Was ist los?«

»Jemand ist dabei, die Daten des Telefons zu löschen. Aber sie wissen nicht, mit wem sie es zu tun haben.«

»Können sie feststellen, dass jemand versucht hat, Zugang zu den Daten zu bekommen?«

Michel schüttelte den Kopf.

»Wir arbeiten schon so lange zusammen, Dieuswalwe. Du solltest wissen, dass ich keine Fehler mache.«

Er tippte auf der Tastatur des Computers.

»Ich habe einen Zugang zum Cyberspace, um den mich so mancher beneiden würde.«

Er rieb sich die Hände:

»Sie haben das Telefon vollständig zurückgesetzt. Sie sind gut. Aber die Nummern habe ich. Ich druck dir alles aus.«

Aus dem nahegelegenen Schlafzimmer war eine Stimme zu hören:

»Mit wem redest du um diese Zeit, Schatz? Komm ins Bett, oder ich peitsche dich aus.«

»Ich komme, Pepe«, rief Michel.

Er nahm die Blätter und reichte sie Dieuswalwe.

»Du musst jetzt gehen, sonst wird er wütend.«

Dieuswalwe Azémar faltete die Seiten zusammen und steckte sie in die Tasche.

»Vernichte das Telefon«, empfahl er Michel, »wir brauchen es nicht mehr.«

Er weckte Maissa, die auf dem Sofa bereits eingeschlafen war.

»Jetzt fahren wir wirklich nach Hause. Komm.«

Michel begleitete sie zum Ausgang.

»Nimm dich in Acht, Dieuswalwe«, sagte er. »Ich gebe die Hoffnung nicht auf, dir eines Tages den Dienst zu erweisen, der mir so viel Vergnügen bereiten wird. Der Tag wird kommen, an dem du die Frauen leid bist.«

Maissa konnte ein Lächeln nicht unterdrücken, als Michel die Tür schloss.

»Muss ich an dir zweifeln?«

»In ein paar Minuten sind wir bei mir«, grollte Dieuswalwe Azémar. »Wenn du Zweifel hast, dann werden sie dir bald vergehen.«

TAG 3

Er trat aus der Bewusstlosigkeit in den Traum ein wie in einer Weltraumoper ein aus dem Hyperraum auftauchendes Raumschiff. Der Übergang war brüsk. Von der Dunkelheit in gleißendes Licht. Er befand sich an einem Strand. Die Frau kniend zu seinen Füßen, die Hände gefesselt, den Kopf gebeugt, damit ihr Nacken sich der Machetenklinge richtig darbot. Er schwor zu widerstehen, biss die Zähne zusammen und setzte dem Willen, der seinen Willen zu brechen suchte, eine entschlossene Weigerung entgegen. Der Kampf dauerte einige gute Sekunden. Die Frau schluchzte, bat erneut um Erbarmen. Dieuswalwe Azémars Arme wurden im Traum schwächer, während der andere, der *garde*, Loko, immer stärker wurde. Fliehen! Zurückweichen! Sein gesamter Körper war unbeweglich wie eine Statue, er konnte nur die oberen Gliedmaßen bewegen. Der Schluchzer blähte seine Brust. Glühende Tränen flossen ihm über die Wangen. »Ich will nicht«, stöhnte Dieuswalwe Azémar, »ich will nicht.« Er gab nach. Es blieb ihm nur noch ein letzter Tropfen Kraft. Ein letzter Tropfen Menschlichkeit, danach würde er in die Barbarei versinken. Es war vorbei. Er schrie seine Ohnmacht und seinen Schmerz heraus, während die Machete mit grässlichem Pfeifen die Luft zerriss, um die Frau zu enthaupten. Der Kopf fiel ihm vor die Füße, und das Grauen überwand seine standbildhafte Unbeweglichkeit, als er bemerkte, dass es der Kopf von Maissa war, dessen Züge nun in einem Ausdruck erstarrt waren, den kein Maler, kein Zeichner, kein Porträtist jemals erfassen könnte. Er kehrte mit einer Migräne in die Wirklichkeit zurück, wie er sie bisher niemals gehabt hatte, nicht einmal nach schlechtem *soro*.

Seine Hand tastete auf dem Bett nach Maissa. Sie war nicht da. Im ersten Moment glaubte er, der Albtraum sei real gewesen und der abgeschlagene Kopf der jungen Frau liege im Zimmer. Er schloss die Augen und versuchte, wieder zur Vernunft zu kommen. Bevor er gestern Abend in seine Wohnung gegangen war, hatte er sich zwei Flaschen guten *soro* beschafft. Einmal zu

Hause hatte er sich nicht mit Vorgeplänkel aufgehalten. Er hatte die junge Frau mit der Gier eines Wahnsinnigen ausgezogen, ihre Beine mit der Hast eines Vergewaltigers gespreizt und war mit einer Bewegung der Hüften in sie eingedrungen, als stieße er ihr eine Lanze in den Körper. Seine brutale Wildheit war aber offensichtlich ein wirksames Vorspiel, denn sein Glied fand keine ausgetrocknete Quelle vor, die darauf wartete, von einem Magier des Vergnügens hofiert zu werden, sondern ein vor Lust bereits triefendes Nest. Seiner Glückseligkeit, während er sie bearbeitete, kamen nur die Worte gleich, die die Frau ihm zurief, während der Schmerz sie zu einem Orgasmus trieb, von dem sie seit Jahr und Tag geträumt hatte. Ihr Höhepunkt war ein Sturz in den Abgrund mit der flammenden Intensität der Sonnen, die verlöschen, wenn sie am stärksten glühen. Er hatte das Bewusstsein verloren, nachdem er als Letztes Maissas Fingernägel gespürt hatte, die in das Fleisch seines Rückens und seiner Schultern drangen. Die Mandibeln einer Gottesanbeterin! Niemals hatte er mit einer Frau solche Lust empfunden, gestand er sich ein, als er die Augen wieder öffnete. Er fuhr weiter mit der Hand über die Stelle des Bettes, an der sie liegen sollte. Ihr Geruch, ein leichter Duft nach ihrer vor Befriedigung pulsierenden Scheide, war noch zu spüren, aber sie war nicht da. Er kam wieder auf die Beine, konnte aber den Schwindel nicht überwinden.

»Maissa!«, rief er. »Maissa!«

Er wankte ins Badezimmer. Sie war nicht da. Er ging in das andere Zimmer der Wohnung, das ihm als Wohnzimmer, Bibliothek, Küche und Esszimmer zugleich diente. Sie war nirgendwo. Er dachte an den Umschlag, den die *manbo* ihm gegeben hatte. Er hatte ihn am Vorabend auf dem alten Mahagonischreibtisch, den er von seinem vor dreißig Jahren verstorbenen Vater geerbt hatte, unter einem Stapel Zeitungen versteckt. Der Umschlag war weg.

»Scheiße!«, fluchte er. Seine Beine versagten ihm den Dienst.

Er stürzte auf den schmutzigen Teppich. Er hatte kein Dienstmädchen mehr, das die Wohnung putzte. Seit Mireyas Abreise ließ er sich noch mehr gehen, flirtete aber vorerst nur mit dem Selbstmord, denn er konnte sich noch nicht entschließen, seine Tochter allein und ohne Unterstützung inmitten der Wölfe zurückzulassen. Das Land starb langsam vor sich hin, ein Fraß für Bataillone von Hyänen und sonstige Aasfresser, die von Tag zu Tag zahlreicher, kühner und arroganter wurden. Man müsste eines Tages Präservative anderer Art erfinden, damit die noch gesunden Bürger dieses Landes sich in den Straßen der Stadt bewegen konnten. Präservative, die einen Ganzkörperschutz vor den Viren boten, die diese Geier verbreiteten. Er stand wieder auf, in seinem Kopf, den die Migräne in ihrem Schraubstock hielt, loderte nun auch die Wut. Maissa hatte ihn reingelegt. Das ganze Theater von gestern Abend, ihr Wunsch, bei ihm zu bleiben, die Art, wie sie mit ihm geschlafen hatte, damit er benommen war wie ein kampfunfähiger Boxer, hatte nur dazu gedient, ihn in aller Ruhe zu bestehlen. Er hatte naiverweise geglaubt, Maissa habe den Umschlag nicht gesehen oder ihm keine Bedeutung beigemessen. Dennoch hatte er ihn verborgen, während die junge Frau im Badezimmer war. Aber diese Sorte Frauen musste einen sechsten Sinn haben. Man ist nicht umsonst die Geliebte eines Bandenchefs vom Schlag Ti-Jilèts. Es wäre an ihm gewesen, sich in Acht zu nehmen. Er ließ in seiner Nacht immer ein Fenster zum Traum offen. Jedes Mal, wenn er durch diese Öffnung entwich, sei es auch nur für einen ganz kurzen Ausflug, zahlte er teuer dafür. Zu teuer.

Die Daten, die Michel für ihn ausgedruckt hatte, fielen ihm wieder ein. Er kam wieder auf die Beine. Als er die Schublade der Kommode öffnete, in der er die Papiere verwahrt hatte, seufzte er erleichtert auf. Der Umschlag, der ihm entwendet worden war, brannte jedoch in seiner Brust wie ein glühendes Eisen. Er hasste es, auf diese Weise betrogen, manipuliert zu werden. Diese Frau wusste nicht, mit wem sie es zu tun hatte. Sie würde sehr bald dafür bezahlen, nahm er sich mit zusammengebissenen Zähnen vor. Seine Wut spielte sicherlich mit seinem oft grenzwertigen Blutdruck, denn er sah Sterne vor seinen Augen vorbeiziehen. Er zog sich aus und stellte sich unter das kalte Wasser der Dusche, verweilte aber nicht lang. Er musste ins Büro, um diesen Katzenfall zu bearbeiten, der nicht so abstrus war, wie er anfänglich geglaubt hatte. Kommissar Dulourd hatte durch sein Eingreifen bei Manbo Nia den Kater an sich bringen wollen. Die dem Tier zugeschriebene Unverwundbarkeit durch Kugeln lockte natürlich mehr als einen. Aber Dieuswalwe Azémar besaß immerhin eine Eigenschaft, die vielen seiner Landsleute fehlte, nämlich Verstand. Wenn es Unverwundbarkeit gegen Kugeln gab, dann wäre damit nicht ausgerechnet ein Kater begabt, nicht einmal ein Perser. Er zog seine Uniform an, prüfte seine Dienstwaffe – seine Beretta hatte er wie üblich in Sicherheit gebracht – und ging zum Jeep seines Mechanikers. Aus Vorsicht beobachtete er die Straße sorgfältig für den Fall, dass die Killer einen neuen Versuch unternahmen. Seine Feinde, die Jünger Marasas und Landengs, wussten nun allerdings, dass er auf der Hut war, und würden es sich überlegen, bevor sie einen weiteren Angriff wagten.

Im Präsidium wirkte alles normal. Man war über das Verschwinden von Kommissar Dulourd noch nicht besorgt. Der Inspektor schloss sich in seinem Büro ein. Er breitete die Blätter aus, die Michel ausgedruckt hatte. Jeder Nummer war ein Name zugeordnet. Er entdeckte in der Datei Senatoren, Abgeordnete, bekannte Persönlichkeiten aus der Hochfinanz. Sogar Namen aus dem Milieu der internationalen Organisationen und der Botschaften. Dieuswalwe Azémar hätte sich nicht träumen lassen, dass der Kommissar mit so wichtigen Mitgliedern der Kreise verkehrte, die er, Dieuswalwe Azémar, als die Unterwelt des Landes betrachtete. Zugleich machte er sich nicht allzu viele Illusionen. Es waren Decknamen darunter. Man konnte eine Telefonnummer leicht mit einem falschen Personalausweis oder unter einer falschen Lizenz registrieren. In diesem Land lernte man das Fahren mit einem ordnungsgemäßen Führerschein, vorschriftsmäßig registriert bei den angeblich kompetenten Dienststellen.

Der Inspektor interessierte sich für die Nummern, mit denen der Kommissar in den letzten drei Tagen telefoniert hatte. Die von Mademoiselle Lebrenier kehrte häufig wieder. Eine Nummer mit einer ihm wohlbekannten Ländervorwahl erregte seine Aufmerksamkeit. Eine Nummer aus Kolumbien. Es gab einen Namen dazu! Einen gewissen Gaetano Hernandez. Vielleicht auch ein falscher Name. Kommissar Dulourd hatte am Vortag mehrere Gespräche mit dieser Nummer geführt, zwei davon zwischen 21 und 23 Uhr, dem Zeitraum, in dem er, Dieuswalwe Azémar, bei Manbo Nia gewesen war. Das konnte kein Zufall sein. Er wählte die Nummer mit einem Handy des Präsidiums, das in bestimmten Fällen verwendet wurde. Eine Computerstimme teilte ihm mit, der Anschluss existiere nicht.

Wachtmeister Patrice trat in diesem Moment ein und meldete ihm, eine Frau wolle ihn sprechen. »Sie sitzt im Rollstuhl, Herr Inspektor. Sie sagt, es ist wichtig. Hier ist ihre Karte.«

»Bringen Sie sie zu mir«, sagte Azémar, ohne auch nur einen Blick auf das Stück Karton zu werfen, das einen zarten Eukalyptusduft verströmte.

Der junge Polizist grüßte und ging hinaus. Dieuswalwe Azémar räumte die Ausdrucke weg und wischte mit einem Taschentuch den Staub von seinem Schreibtisch. Er setzte seine dunkle Brille ab. Mademoiselle Lebrenier kam in ihrem Rollstuhl, geschoben von Pietro, ins Zimmer.

»Guten Tag, Mademoiselle Lebrenier«, sagte der Inspektor und stand zu ihrem Empfang auf.

»Ich komme gerade von der Messe. Ich habe für Georges gebetet. Der Kommissar geht nicht ans Telefon. Ich möchte Sie sprechen. Es ist wichtig.«

Sie reichte dem Inspektor die Hand, der sie galant, wie man es heutzutage nicht mehr macht, mit den Lippen berührte. Der Polizist spürte Pietros eisigen, ja hasserfüllten Blick.

»Haben Sie ein Problem mit mir?«, fragte der Inspektor ihn boshaft.

Pietro hielt seinem Blick stand, obwohl das bei Azémars Fehlsichtigkeit keine leichte Übung war.

»Ich mache gegenüber Mademoiselle Lebrenier keinen Hehl daraus: Ich wüsste nicht, was Sie in dieser Sache für uns tun könnten. Wir werden Georges nicht wiederfinden.«

»Warum wollen Sie nicht, dass ich ihn wiederfinde?«, gab der Inspektor zurück.

Mademoiselle Lebrenier hob eine Hand, um die beginnende Diskussion zwischen den beiden Männern zu beenden.

»Pietro! Kannst du mich mit Inspektor Azémar allein lassen?«

»Adeline! Die Leute werden sich alles Mögliche ausdenken, um an dein Geld zu kommen.«

Sie erhob die Stimme:

»Pietro! Lass uns allein.«

Er verbeugte sich, wobei er dem Inspektor noch einen gehässigen Blick zuwarf.

»Du willst es ja so, Adeline.«

»Ja, ich will es so«, antwortete Mademoiselle Lebrenier.

Pietro verließ das Büro ohne ein weiteres Wort.

»Darf ich mich setzen?«, bat Azémar.

»Bitte, Inspektor. Früher hat man Offizieren beigebracht, die Umgangsformen einzuhalten. Alles geht nach und nach verloren. Erlauben Sie mir, Ihnen zu gratulieren.«

»Danke, Mademoiselle Lebrenier«, sagte der Inspektor, während er wieder Platz nahm, »aber Sie sind sicher nicht hier, um mir Komplimente zu machen.«

Sie sah den Inspektor an, suchte mit den Augen den Winkel, aus dem sie Blickkontakt mit ihm aufnehmen konnte, und gab die Übung auf.

»Ich bin wegen Georges gekommen.«

»Sie meinen den Kater?«, fragte der Inspektor.

»Wen sonst?«, antwortete Mademoiselle Lebrenier verärgert. »Bestimmt nicht meinen Bruder. Ich habe Georges im Traum gesehen.«

Der Inspektor ließ das Kinn auf die Brust sinken. Seine Migräne, die nachgelassen hatte, wurde wieder stärker.

»Wenn ich ihn im Traum gesehen habe, bedeutet das, dass er noch am Leben ist«, beharrte Mademoiselle Lebrenier.

Er ist bestimmt noch am Leben, wenn man sich so viel Mühe gegeben hat, ihn zu erwischen, wenn so viele Leute seinetwegen gestorben sind, hoffte der Inspektor. Wenn nicht, wäre das deprimierend. All das für einen Kater!

»Verdoppeln Sie meine Prämie?«, fragte er fast im Scherz.

»Ohne Weiteres«, antwortete Mademoiselle Lebrenier zu seinem großen Erstaunen. »Aber bringen Sie ihn mir rasch wieder. Er hat mich im Traum angeschaut, Inspektor. Mit seinen schönen grünen Augen. Das war ein Hilferuf. Ich möchte nicht, dass er gegessen wird.«

Sie brach in Tränen aus. Der Polizist fühlte sich schuldig, erbärmlich. Er nutzte die Not der Frau aus, um sich zu bereichern. Auch wenn er sich sagte, dass er es für seine Tochter Mireya tat, kam er sich schmutzig vor. Er nahm sich vor, Maissa eine Kugel in den Kopf zu jagen. Hätte die ihm nicht den Umschlag mit den dreißigtausend Dollar gestohlen, wahrscheinlich, um bei ihrem Liebhaber, dem Bandenchef, zu punkten, dann wäre er nicht gezwungen, Mademoiselle Lebrenier zu erpressen. Er wartete ab, bis seine Besucherin sich beruhigte.

»Um Ihren Kater wiederzufinden, brauche ich weitere Informationen über ihn«, fuhr der Inspektor fort.

»Noch mehr Informationen?«, wunderte sich Mademoiselle Lebrenier. »Wozu?«

»Kommissar Dulourd hat Sie sicher vorgewarnt. Ich habe meine eigenen Methoden. Ich muss alle Aspekte des Falls auf mich wirken lassen. So kann ich einen Instinkt entwickeln. Eine Intuition. Ich habe mit dieser Vorgehensweise sehr gute Ergebnisse erzielt.«

»Ich weiß«, gab Mademoiselle Lebrenier zu, während sie sich das Gesicht mit einem Taschentuch abwischte. »Was möchten Sie über Georges wissen?«

»Wie sind Sie zu dem Kater gekommen?«

»Das habe ich Ihnen schon gesagt. Mein Bruder Georges hat ihn mir geschenkt.«

»Zu welchem Anlass?«

»Zu keinem besonderen Anlass. Es hat mich gewundert, sogar überrascht, denn seit dem Verschwinden von Ignace wollte ich keine Katze mehr haben. Der Verlust dieses Katers hatte mir einen solchen Schock versetzt, dass ich über einen Monat krank war. Ich hatte schon vorher keine gute Gesundheit. Ich habe ein schlimmes Fieber bekommen. Seitdem bin ich gelähmt.«

Sie hielt einen Augenblick inne. Es fiel ihr nicht leicht, sich diese Momente ihres Lebens ins Gedächtnis zurückzurufen.

»Ich hatte mir geschworen, dass ich nie mehr eine Katze haben würde. Aus Verständnis für mein Trauma hat niemand aus meiner Familie je darauf beharrt, mir eine andere Katze zu schenken, bis Georges eines Morgens von einem Einsatz zurückkam und dieses wunderbare Kätzchen mitgebracht hat. Woher er gewusst hat, dass ich endlich wieder bereit sein würde, eine Katze zu halten, weiß ich nicht.«

»Warum keinen Hund?«

»Hunde sind mir zuwider. Das Einzige, was mich überrascht hat, ist, dass Georges den Kater schon hatte kastrieren lassen.«

»Aha!«, rief der Inspektor aus.

»Laut Georges verringerte das das Risiko, dass ich ihn verliere wie Ignace.«

»Woran ist Ihr Bruder gestorben?«

»Er wurde in seinem Sessel vor dem Fernseher tot aufgefunden. Der Autopsie zufolge hat er einen Herzanfall erlitten. Es ist an demselben Tag passiert, an dem er mir den Kater geschenkt hat. Deswegen erzählt man sich den ganzen Unsinn über meinen Kater. Ich habe ihm seinen Namen zum Gedenken an meinen Bruder gegeben, der ihn mir geschenkt hat. Eine bloße Laune, mehr nicht.«

»Haben Sie die Autopsie veranlasst?«

Sie schüttelte den Kopf.

»Nein. Georges war beim Rauschgiftdezernat. Sie haben die Autopsie angeordnet.«

»Sie sagen, dass er von einem Einsatz zurückkam. Worum ging es?«

»Sie wissen besser als ich, Inspektor, dass solche Tätigkeiten streng vertraulich sind. Er hatte mir nur zu verstehen gegeben, dass er irgendwo in den Süden des Landes musste.«

»Erinnern Sie sich daran, was er an dem Tag gemacht hat, an dem er Ihnen den Kater gebracht hat und gestorben ist?«

Sie seufzte zum Zeichen, dass sie der Fragen überdrüssig war.

»Ich wüsste nicht, inwieweit Ihnen das helfen könnte. Sie sollten sich beeilen, bevor er gegessen wird. Ich habe eine Art psychische Beziehung zu diesem Tier entwickelt. Ich spüre, dass es noch lebt.«

»Mademoiselle Lebrenier«, insistierte der Inspektor.

Ein neuer Seufzer.

»Wenn meine Erinnerungen nicht durcheinandergeraten sind, dann ist er am frühen Nachmittag zurückgekehrt. Es war im Dezember. Ich war schon dabei, das Haus für Weihnachten zu schmücken. Das ist für mich die schönste Zeit des Jahres. Ich war im Garten, als er auf einmal mit dem Kätzchen in der Hand vor mir stand: ›Das ist für dich, Schwesterchen‹, hat er gesagt. Ich habe große Augen gemacht. Beinahe hätte ich vor Freude laut aufgeschrien. Es war, als hätte ich Ignace wiedergesehen. Der Kater hat mich angesehen. All mein Leid war auf einmal verflogen. Ich habe ihn in die Arme genommen. ›Ich wusste, dass er dir gefallen würde‹, hat Georges nur gesagt. Er war müde, seine Uniform schmutzig. Er hat gebadet und dann mit mir gegessen. Anschließend hat er einen Großteil des Nachmittags geschlafen. Der Besuch eines seiner Freunde bei der Polizei hat ihn geweckt. Sie haben sich ziemlich gefreut, sich wiederzusehen. Sein Freund hatte ihm als Geschenk eine Flasche von einem seltenen und sehr teuren Whisky mitgebracht. Sie haben sich über zwei Stunden unterhalten und getrunken, dann ist sein Freund gegangen. Einige Minuten später hat Pietro Georges leblos im Wohnzimmer gefunden. Wir haben ihn eilig ins nächste Krankenhaus gebracht, aber er war schon tot. Ein Herzanfall, der ihm keine Chance gelassen hat.«

»Wer war der Freund, der ihn nach der Rückkehr von dem Einsatz besucht hat?«

»Rolf Anelma. Er hat ebenfalls beim Rauschgiftdezernat gearbeitet. Zwei Jahre nach Georges Tod wurde er aus der Polizei entlassen.«

»Weshalb?«

»Es gab hartnäckige Gerüchte, dass er verdächtige Beziehungen zu Kolumbianern hatte. Das ist alles, was ich Ihnen sagen kann, Inspektor. Werden Sie meinen Kater wiederfinden?«

»Ich bringe ihn zurück«, versicherte Azémar und dachte sich dabei, es wäre nicht schlecht, auf ehrliche Weise dreißigtausend Dollar zu verdienen.

»Bringen Sie mich zu Pietro«, sagte Mademoiselle Lebrenier. »Sie dürfen ihm nicht allzu böse sein. Er will mich nur schützen. Für ihn bin ich immer noch das kleine Mädchen von früher.«

Als er aufstand, um den Rollstuhl von Mademoiselle Lebrenier zu schieben, trat Wachtmeister Celuri, Kommissar Dulourds Mann fürs Grobe, ohne anzuklopfen ein.

»Kann ich Sie sprechen, Inspektor Azémar?«

»Ich begleitete gerade Mademoiselle Lebrenier hinaus«, antwortete Azémar. »Warte auf mich.«

Er verließ das Büro und schob dabei Mademoiselle Lebrenier in ihrem Rollstuhl vor sich her. Pietro saß auf der Bank für Besucher und blätterte in einer Zeitschrift. Als er Mademoiselle Lebrenier erblickte, erhellte ein breites Lächeln sein Gesicht, das beim Anblick von Dieuswalwe Azémar einer Art Grimasse wich.

»Gehen wir, Adeline«, sagte er. »Wir haben hier genug Zeit verloren.«

Der Inspektor küsste die Hand, die Mademoiselle Lebrenier ihm reichte, dann begab er sich zu Wachtmeister Celuri ins Büro, ohne sich allzu sehr um Pietro zu kümmern. Er erriet den Grund für die Anwesenheit von Dulourds Vertrauten.

»Wir haben ein Problem, Inspektor Azémar«, begann Celuri mit gesenktem Kopf in seiner üblichen unterwürfigen Haltung.

Dieuswalwe Azémar verabscheute ihn. Celuri war der Zuträger des Kommissars und auch anderer Personen, von denen er meinte, dass sie höher standen als er und ihm somit behilflich sein konnten. Er lieferte ihnen alle Informationen, die ihnen in dem Haifischbecken, zu dem diese von Korruption und Politik zerfressene Behörde geworden war, nützlich waren.

»Was für ein Problem, Celuri?«, fragte der Inspektor und entkorkte eine Flasche *soro*.

Er hatte Celuri versprochen, ihn irgendwie zur Strecke zu bringen, wenn er ihn für den Kommissar ausspionierte. Celuri nahm sich in Acht, denn selbst wenn sein Chef in der Hierarchie über Dieuswalwe Azémar stand, sagte seine Erfahrung ihm doch, dass der Inspektor gefährlich war. Er hatte Marasa erschossen, einen der mächtigsten *bòkò* dieses Landes, zwei seiner Diener und anschließend Marasas Zwillingsbruder, der ebenfalls ein Hexer war. Außerdem ging das beharrliche Gerücht um, derselbe Dieuswalwe Azémar habe einen anderen Magier mitten auf dem Friedhof von Port-au-Prince hingerichtet. Ungezählte Delinquenten hatten, weil Azémar ihnen in die Quere gekommen war, nicht die Chance gehabt, vor Gericht zu kommen, wo sie mit Sicherheit freigesprochen worden wären. Celuri fürchtete den Inspektor, respektierte ihn aber auch dafür, dass die Generalinspektion ihm seine Verwicklung in die außergerichtlichen Exekutionen immer noch nicht nachweisen konnte.

»Ich fürchte, Kommissar Dulourd ist etwas Schlimmes zugestoßen. Seit gestern Abend ist er verschwunden.«

»Er ist verschwunden!«, sagte der Inspektor mit gespieltem Erstaunen. »Ist er nicht nach Hause zurückgekehrt?«

»Nein, Herr Inspektor. Er hat das Büro gestern Abend spät verlassen und mir gesagt, er hätte etwas Dringendes zu erledigen. Er wollte nicht, dass ich mitkomme. Seitdem hab ich nichts mehr von ihm gehört.«

»Ist er nicht bei einer Frau?«, erkundigte sich der Inspektor zum Schein.

Celuri machte große Augen.

»Sie scherzen, Herr Inspektor! Der Kommissar ist kein Heiliger, aber über Nacht ausbleiben, niemals. Seine Frau hat mich mehrmals angerufen. Sie macht sich Sorgen. Die Generaldirektion hat ihn intern zur Fahndung ausgeschrieben.«

»Ich kenne dich sehr gut, Wachtmeister Celuri. Du hängst an Dulourd, weil er dich trotz deiner Verfehlungen schützt. Warum wendest du dich an mich?«

Celuri hob den Kopf. Er sah nie jemandem in die Augen. Das Schielen des Inspektors kam ihm entgegen.

»Es gibt keinen Besseren als Sie, Herr Inspektor. Ich spür's, dass es Ärger gegeben hat. Die Leute von der Generaldirektion werden ihm nicht helfen, das wissen Sie besser als ich. Hier heißt es jeder für sich und Gott für alle. Wenn er verschollen ist, dann wird nur noch darum gekämpft, wer seinen Posten bekommt.«

»Und du fliegst raus, Celuri. Das ist es, was dir so viel Angst macht.«

»Ich habe Frau und Kinder«, erinnerte ihn Celuri.

Irgendwie, dachte sich der Inspektor, hörte er dieses Sprüchlein in letzter Zeit zu oft.

»Du behauptest, er hatte etwas Dringendes zu erledigen. Hast du keine Ahnung, worum es ging?«

»Keine«, sagte Celuri. »Seit gestern Morgen schien er sich nicht besonders wohl zu fühlen. Ich habe gemerkt, dass er verängstigt und verstört war. Er hat mehrere Anrufe bekommen und hat mich jedes Mal gebeten, ihn allein zu lassen. Das war sonst nicht seine Art mit mir.«

»Scheiße!«, rief der Inspektor und schlug sich an die Stirn.

»Was haben Sie?«, fragte Celuri neugierig.

Der Inspektor öffnete fiebrig die Schublade, in der er die Ausdrucke von Michel verwahrt hatte. Warum war ihm das nicht gleich aufgefallen, als Mademoiselle Lebrenier diesen Namen genannt hatte? Anelma! Der Freund von Georges. Kommissar Dulourd hatte ihn im Laufe des Tages dreimal angerufen. Begann der *soro* seine Neuronen zu schwächen?

»Nichts«, antwortete Inspektor Azémar. »Aber Kommissar Dulourd hatte mich gebeten, einen Kater zu suchen.«

»Ich weiß. Den von Mademoiselle Lebrenier.«

»Weißt du warum?«

»Weil er mit Mademoiselle Lebrenier befreundet ist. Sie hat Freunde in hohen politischen Positionen.«

»Hat er gestern vor dir nichts über einen Kater gesagt?«

Celuri begann mit dem Ausdruck angestrengten Nachdenkens am Daumen zu lutschen.

»Er hätte gestern Abend zu einer Einladung bei einem Freund gemusst. Er hatte keine besonders große Lust dazu. Er hat mir im Vertrauen gesagt, dass er schon seit Jahren nicht mehr mit ihm verkehrt, dass er aber wegen einer äußerst wichtigen Angelegenheit zu ihm musste. Er hat sogar hinzugefügt: ›Ich sollte Inspektor Azémar mitnehmen. Es gibt dort Alkohol und Katzenfleisch. Vielleicht würde er in der Gegend den Mörder finden, hinter dem er seit einigen Monaten her ist.‹ Als er mir gesagt hat, dass er etwas Dringendes erledigen musste, habe ich ihn an die Einladung am Abend erinnert. Er hat mir geantwortet, dass die Einladung auf den nächsten Abend verschoben wurde, also auf heute Abend.«

»Kennst du den Namen des Freundes, zu dem er musste?«

»Ein ehemaliger Polizist. Anelma.«

»Aha!«, sagte Dieuswalwe Azémar kaum überrascht.

»Kennen Sie ihn?«

»Nein. Aber wenn da Katzenesser sind, würde ich mich gern dort herumtreiben, falls mein Mörder in der Gegend ist.«

»Und Kommissar Dulourd? Was sollen wir machen?«
Inspektor Azémar überlegte einen Augenblick.
»Hast du seine Büroschlüssel?«
»Warum?«, fragte Celuri plötzlich misstrauisch.
»Du fürchtest, dass ihm etwas zugestoßen ist. Ich soll meine Nase in seine Geschichte stecken. Also will ich ein bisschen in seinem Büro stöbern.«
Celuri zögerte einen Moment.
»Das muss diskret passieren. Ich schließe das Büro des Kommissars auf. Sobald die Luft rein ist, sage ich Ihnen Bescheid.«
»Einverstanden«, stimmte der Inspektor zu.
Celuri grüßte und ging hinaus. Während er auf ein Zeichen des Wachtmeisters wartete, prüfte der Inspektor erneut die Telefonnummern, die Michel von Dulourds Handy heruntergeladen hatte. Anelma hatte den Kommissar in den letzten drei Tagen tatsächlich angerufen. Für die Tage davor waren keine solchen Anrufe von ihm verzeichnet. Das war seltsam. Was hatten diese Anrufe damit zu tun, dass Kommissar Dulourd ihn gebeten hatte, den Kater von Mademoiselle Lebrenier wiederzufinden? Wie hatte Dulourd ihn in dem Moment überraschen können, in dem er, Dieuswalwe Azémar, vor Ort war, um den Kater an sich zu nehmen? Jemand war dem Inspektor unbemerkt gefolgt. Vielleicht hatte der Kommissar von einem seiner Informanten den Grund für den Kampf zwischen Ti Jilèt und Capitaine erfahren und den Zusammenhang hergestellt. Er hatte sich einen guten Spitzel im Lager von Capitaine gesucht und war so zu Manbo Nia gelangt. Durch die Anwesenheit von Dieuswalwe Azémar hatte er Zeit verloren. Capitaine und die *manbo* hatten ihn überrascht, als er den Kater ablieferte. Kommissar Dulourd hatte ihn nicht erschossen, aber es kam aufs Selbe heraus. Er hatte ihn mit gefesselten Händen und Füßen Capitaine ausgeliefert, diesem blutrünstigen Banditen. Der Kater war also sehr wichtig für Kommissar Dulourd und für andere Leute – Leute, die laut Maissa Spanisch sprachen. Was die Letztere betraf, so konnten die Frauenrechtlerinnen ihn gern haben, wenn er sie wiederfand. Maissa würde den Diebstahl der dreißigtausend Dollar teuer bezahlen. Die Männer, mit denen Kommissar Dulourd zu tun hatte, waren offensichtlich Kolumbianer, das be-

wies die kolumbianische Nummer, die der Kommissar mehrmals angerufen hatte. Was verbarg sich hinter den beiden Georges, dem menschlichen Georges, dem Polizisten vom Rauschgiftdezernat, der an einem verdächtigen Herzanfall gestorben war, nachdem er Besuch von besagtem Anelma bekommen und mit ihm getrunken hatte, und dem Kater, dem Tier, für das Mademoiselle Lebrenier bereit war, ein kleines Vermögen auszugeben?

Die Sache stank gewaltig. Ein Kommissar der Police Nationale war getötet worden. Der Inspektor freute sich, dass er die Schuldigen an seinem Tod, den Banditen Capitaine und seinen Soldaten, erwischt hatte. Die Richter hatten den Tod Hunderter ehrlicher Bürger auf dem Gewissen, weil sie Schurken freigelassen hatten, die hinter Gitter gehörten. Er dagegen hatte Hunderten von Bürgern das Leben gerettet, indem er aufgeräumt hatte. Vielleicht hatte Landeng ja die Wahrheit gesagt, und Gott würde ihm nicht verzeihen, dass er seiner Gerechtigkeit und der der Menschen vorgegriffen hatte. »Ich komme zwar in die Hölle«, seufzte Dieuswalwe Azémar, »aber mit ruhigem Gewissen.«

Die Sprechanlage summte. Er nahm ab. Celuri bat ihn, jetzt zu kommen. Er schloss die Schublade ab, verließ das Büro und begab sich zu dem des Kommissars. Die meisten Beamten waren auf der Straße. Durchs Fenster sah er Wachtmeister Patrick, der einen Motorradfahrer kontrollierte, während drei andere junge Polizisten plaudernd auf der Motorhaube eines Fahrzeugs saßen, das wegen eines simplen elektrischen Defekts seit sechs Monaten außer Betrieb war.

»Gehen Sie schnell rein«, sagte Celuri, der auf der Schwelle von Dulourds Büro stand.

Der Inspektor ließ sich nicht lange bitten. Er verlor keine Zeit. Die Schubladen des Arbeitstisches waren abgeschlossen. Nur der Kommissar hatte den Schlüssel dazu, aber für Dieuswalwe Azémar war es ein Leichtes, die Schlösser zu knacken. Er fand in den Schubladen jedoch nichts. Auf dem Tisch ein Computer, aber wegen des Passworts keine Chance, auf die Dateien zuzugreifen. In diesem Fall hatte es keinen Zweck, Michel zu Hilfe zu rufen. Auf dem Schreibtisch des Kommissars lagen Aktenmappen. Er untersuchte sie rasch.

»Nichts?«, fragte Celuri.

»Wir verlieren hier unsere Zeit«, schimpfte Dieuswalwe Azémar im Aufstehen.

»Was sollen wir machen?«

Das »Wir« in Celuris Mund kam dem Inspektor unangebracht vor.

»Wir haben keine Wahl. Die Generaldirektion hat eine interne Fahndung eingeleitet. Es stimmt, dass es nicht die Art des Kommissars ist, nicht nach Hause zu kommen. Vielleicht hat er endlich die Frau gefunden, mit der er die Angst vor seiner Frau überwinden kann. Waren wir bis Mittag ab. Danach verspreche ich, zu tun, was ich kann.«

Celuri grüßte den Inspektor militärisch.

»Danke, Inspektor Azémar.«

»Halte mich auf dem Laufenden, wenn es Neues gibt.«

»Wird gemacht, Herr Inspektor.«

»Fast hätte ich es vergessen: Finde die Adresse von Anelma heraus. Ruf mich an, sobald du sie hast.«

»Essen Sie wirklich Katzenfleisch?«, erkundigte sich Celuri in etwas geringschätzigem Ton.

»Zum *soro* gibt's nichts Besseres«, log der Inspektor, um den Wachtmeister zu ärgern.

Celuri sah ihn angeekelt an, bevor er versprach, die Information so schnell wie möglich zu beschaffen. Der Inspektor kehrte in sein Büro zurück. Er trank seine Flasche Schnaps leer. Seine Intuition sagte ihm, dass diese Ermittlung über den Kater nicht allzu weit entfernt von dem Fall war, der ihm am meisten am Herzen lag. Demjenigen, der den *kaka-kleren* die Kehle durchschnitt, würde er eine Kugel in den Kopf jagen. Er mochte keine Katzenfresser, aber er duldete vor allem nicht, dass jemand sich das Recht anmaßte, sie auf seinem Gebiet ungestraft zu ermorden.

*

Er verließ das Präsidium, nachdem er trotz der Hitze an seinem Schreibtisch eingenickt war. Die Klimaanlage war immer noch außer Betrieb. Die Flügel des Ventilators bewegten sich nicht. Die Elektrizitätsgesellschaft war der Ansicht gewesen, dass dies an allen Tagen – auch sonntags – die ideale Zeit für eine Stromsperre war, um zu verhindern, dass die Beamten einen *kabicha* machten, sich aus ihrem katastrophalen Alltag ins Land der Träume verabschiedeten. Ihm war das Land der Träume indessen verboten. Kaum hatte er die Augen geschlossen, als sein üblicher Albtraum ihn anfiel. Die Frau auf Knien vor ihm. Die Machete in der Hand. Mit der Energie der Verzweiflung machte er sich aus dem Traum los. Der Sieg, der keiner war, beruhigte ihn ein wenig. Mit oder ohne Schlafentzug, der Countdown ging weiter. Er musste diesen Fall abschließen, bevor er dem *garde* zur Beute fiel. Er würde zu dem werden, was er für gewöhnlich verfolgte: einem Killer, sadistischer als all die, die er gejagt hatte. Schlimmer noch! Die tötende Hand würde nur das ausführende Organ sein und der Verantwortliche sich immer außer Reichweite befinden. Etwas aus der Hölle. Von jenem Ort, an dem Landeng und mehrere andere Verdammte ihn erwarteten, damit er in ihrer Gesellschaft seine Verbrechen büßte, auch wenn er sie begangen hatte, um ehrliche Leute zu schützen.

Er konnte Willios Jeep nur mit Mühe steuern. Sein Arm war nahezu steif von der Hitze, die von der Stelle ausstrahlte, an der der Hexer den *garde* eingenäht hatte. Ein Geist in seinem Arm! Um ihm Kraft und Energie zu verleihen! Er musste während der Affäre mit den Brasilianern wirklich in einem äußerst schlechten Zustand gewesen sein, dass er zu einem solchen Mittel gegriffen hatte. Er hätte voraussehen müssen, dass Landeng ihm nichts schenken würde. Vielleicht hatte er sich zu sehr auf seine Fähigkeit verlassen, die schwierigsten Probleme zu lösen. Diesmal jedoch hatte er, auf gut Kreolisch, die Knochen seines Urahns gefunden. Es gab keinen Ausweg. Er musste sich beeilen. Drei Fliegen mit einer Klappe schlagen: diesen verdammten Kater wiederfinden – wenn die verrückte Mademoiselle Lebrenier »spürte«, dass er am Leben war, dann war er es wohl –, die Prämie von dreißigtausend Dollar kassieren, mit der er Mireyas Ausbildung im Ausland bezahlen konnte, und den Mörder der *kaka-kleren* zu packen bekommen. Er wusste nicht warum, aber ein weiteres Mal flüsterte sein Instinkt ihm zu, dass er seine ersten Ermittlungen nicht wirklich aufgegeben hatte.

Er suchte seinen Mechaniker auf und kündigte ihm, keinen Widerspruch duldend, an, dass er das Auto behalten werde, bis er eine Sache von höchster Wichtigkeit geregelt hatte. Willio, der das jähzornige Temperament seines Kunden kannte, willigte eilfertig ein und versprach, sein Möglichstes zu tun, damit der Inspektor seinen Wagen wiederbekam. Er kannte jemanden, der in der Lage war, die Karosserie des alten Nissan so zu flicken, dass keine Spuren der Einschüsse mehr sichtbar waren. Was den Rest betraf, so müsste der Wagen noch einige Monate fahren. Das Dringlichste für ihn, den Mechaniker, war, dass er seinen Jeep wiederbekam, bevor eine andere Bande von Rächern versuchte, den Inspektor um die Ecke zu bringen. Angesichts des Ungemachs, das der Polizist ihm bereitete, wäre das kein großer Verlust, dachte Willio bedauernd, aber sein Jeep sollte es nicht ausbaden.

Der Inspektor streifte in der Nähe der Schlucht umher und stieg die Treppe hinunter, an der Guirands Haus lag.Den Wagen hatte er in einer hundert Meter entfernten Straße gelassen, in der er in Sicherheit war: Er hatte einem jungen Autowäscher fünfzig Gourde gezahlt, damit er ihn bewachte. Das Haus war leer, das hatte er erwartet. Der Inspektor brach die Tür ungeniert auf, nachdem er drei jungen Leuten aus dem Viertel, die sich zu sehr für seine Anwesenheit interessierten, seine Waffe und seine Polizeimarke gezeigt hatte. Guirand hatte das Haus ausgeräumt und nur zurückgelassen, was er nicht mehr brauchte. Eine überstürzte Flucht auf Empfehlung von Maissa. Sie wusste, dass der Inspektor hier zuerst hingehen würde, um seine dreißigtausend Dollar wiederzubekommen.

Er machte einen Besuch bei Mademoiselle Lebrenier, die erstaunt war, ihn noch am selben Tag wiederzusehen. Er erklärte, dass er gerade im Viertel sei. Pietro war nicht da; wie die Haushälterin dem Inspektor mitgeteilt hatte, war er zum Arzt gegangen, da es ihm wegen seiner Anämie nicht gut ging. Dieuswalwe Azémar sagte Mademoiselle Lebrenier, er wolle noch einmal die Fotos in Georges Zimmer sehen. Mademoiselle Lebrenier begriff, dass sie diesem seltsamen Inspektor nichts abschlagen durfte, wenn sie ihren Kater wiedersehen wollte. In dem Zimmer studierte Inspektor Azémar aufmerksam jede der Fotografien und verweilte bei der, auf der Georges mit zwei Männern an einem Restauranttisch zu sehen war. Der eine in Anzug und Krawatte war vom lateinamerikanischen Typus. Als er Mademoiselle Lebrenier fragte, wer die Personen auf dem Foto waren, gestand sie, dass ihr Gedächtnis nicht mehr sehr zuverlässig war. Sie erkannte nur den Schwarzen, Anelma. Das Foto enthielt nichts, woran man das Lokal erkennen konnte. Es konnte in Haiti sein oder in irgendeinem anderen Land. Möglicherweise hatte Georges deswegen dieses Foto behalten.

Dieuswalwe Azémar prägte sich alles ein, dann verabschiedete er sich von Mademoiselle Lebrenier und versprach ihr dabei, den Kater zurückzubringen. »Er lebt noch, Inspektor, das spüre ich.« Er wäre nur zu glücklich gewesen, wenn sie Recht behielt, denn er träumte von der Belohnung. Er ging nach Hause, um sich ein wenig auszuruhen, bis es Zeit war, sich auf den Besuch bei Anelma vorzubereiten. Am frühen Abend rief Celuri ihn an.

»Warum hat das so lange gedauert, Wachtmeister Celuri? Die Adresse von einem ziemlich bekannten ehemaligen Polizisten herauszufinden, ist doch das Mindeste für dich.«

»Ich will Ihnen nicht widersprechen, Herr Inspektor. Aber sofort, nachdem Sie gegangen waren, hat die Generaldirektion nach mir verlangt.«

»Für deinen Dienstgrad bist du ein wichtiger Mann, Wachtmeister Celuri«, spottete Dieuswalwe Azémar. »Nicht die Generalinspektion, sondern gleich die Generaldirektion!«

Inspektor Azémar hörte am Telefon, wie Celuri sich am Hals kratzte. Er war empfänglich für Schmeicheleien.

»Es ist bekannt, dass der Kommissar große Stücke auf mich gehalten hat, Herr Inspektor. Ich war sein Vertrauter.«

»Du sprichst in der Vergangenheit, Celuri. Sollte deinem Kommissar etwas zugestoßen sein?«

»In der Generaldirektion macht man sich Sorgen. Aber man will immer noch nicht, dass die Nachricht von seinem Verschwinden sich herumspricht. Offiziell ist er auf einer Mission.

Das hat man seiner Frau erklärt, um sie zu beruhigen. Man hat mir aber jede Menge Fragen gestellt.«

»Zum Beispiel?«

»Die üblichen Nachforschungen. Was der Kommissar in den letzten Tagen gemacht hat. Ich hatte einen unangenehmen Eindruck, Herr Inspektor.«

»Was für einen Eindruck?«

»Man hat sich mehr dafür interessiert, wer Bescheid wissen könnte, was der Kommissar gemacht hat, und weniger für das, was er gemacht hat.«

»Ein interessantes Detail«, räumte der Inspektor ein.

»Ich habe eine schlechte Vorahnung, Herr Inspektor. Der Kommissar hätte mich irgendwie kontaktiert. Ich fürchte, er ist ...«

Er beendete den Satz nicht.

»Sei nicht so pessimistisch«, empfahl ihm Dieuswalwe Azémar hinterhältig.

Er bewies wirklich Zynismus. Celuri war ein Schuft, ein Denunziant, ein Mörder, alles, was es in einem Polizeiapparat an Verkommenem geben kann, aber er war dennoch ein Mensch. Er hatte eine tiefe Verbundenheit zu dem Mann, den er nicht nur als seinen Vorgesetzten, sondern als seinen *patron* betrachtete, mit allem, was dieses Wort in der haitianischen Kultur bedeutet. Ein *patron* ist ein Freund, ein Pate, jemand, auf den man sich in jeder Lage verlässt. Er musste sich verloren fühlen wie ein verlassenes Kind. Celuri gab Azémar die gewünschte Adresse. Der Inspektor blieb lange im Dunkel seiner Wohnung sitzen, um über diesen Fall nachzudenken, der seltsam begonnen und dann eine unerwartete Wendung genommen hatte. Noch einmal ließ er alle Elemente Revue passieren. Er hatte nur sehr wenig Zeit, um die beiden Fälle zu lösen, die er am Hals hatte – den Kater und den Mörder der Katzenfresser –, und vor allem, um das Geld aufzutreiben, das für das Überleben seiner Tochter im Ausland notwendig war. Er hatte bereits eine panische Angst vor dem Einschlafen. Der *garde* würde bald auch in der Wirklichkeit Besitz von ihm ergreifen, damit er die Morde beging, die seinen Durst nach Blut stillen konnten. Dieuswalwe Azémar hatte keine Angst mehr vor der Hölle, aber niemand würde ihn rückwärts zu den

Flammen schieben. Er würde erhobenen Hauptes gehen und für seinen freien Willen voll einstehen.

Er zog sich ohne Eile an, steckte unter dem Hemd seine Dienstwaffe an den Gürtel und ging dann zu Willios Jeep. Vorsichtig, denn er wollte nicht von einem neuen Versuch von Marasas oder Landengs Freunden überrascht werden. Gemäß dem Verfahren, das er sich auferlegt hatte, fuhr er zunächst aufs Geratewohl durch die Straßen der Hauptstadt. Anelma wohnte in einem schönen Haus in einem wohlhabenden Vorort im Nordosten von Port-au-Prince. Mehrere Fahrzeuge parkten entlang der Straße im Dunklen. Die Laternen funktionierten nicht. Zwei Wachen hielten ihn am Eingang auf. Er zeigte seine Dienstmarke und gab zu verstehen, er sei von Kommissar Dulourd eingeladen worden. Einer der Wachleute nickte befriedigt: »Inspektor Azémar. Wir kennen Ihren Ruf. Wenn Kommissar Dulourd Sie dabeihaben wollte, dann weil er weiß, dass Sie den Wettbewerb gewinnen können. Wir haben auf Sie gewettet.« Der Inspektor stimmte zu, ohne zu wissen, was der Sicherheitsmann meinte. Eine junge Hostess führte ihn zum Ort des Festes, das um ein mit Palmen gesäumtes Schwimmbad herum stattfand. Scheinwerfer, die auf dem Boden in Farngestrüpp standen, beleuchteten etwa fünfzig Gäste an makellos weiß gedeckten Tischen. Livrierte Diener achteten darauf, dass jeder reichlich zu trinken und zu essen hatte. Der Inspektor setzte sich an einen der wenigen nicht besetzten Tische. Eine Kellnerin erkundigte sich nach seinen Wünschen und zählte auf, was das Haus zu bieten hatte. Nach zwanzig Uhr kam ihm nur Alkohol in den Magen. Er tat sich keinen Zwang an und verlangte eine Flasche Whisky. Er kannte das Land gut genug, um zu erkennen, dass er bei Neureichen war, die die internationale Hilfe oder die Staatsfinanzen verprassten oder Geschäftspartner südamerikanischer Drogenschmuggler waren. Die Flasche, die die Kellnerin ihm in der nächsten Minute brachte, kostete ein Vermögen. Er würde nicht darben. Er schenkte sich ein großes Glas ein und schlürfte das Getränk, während er die Anwesenden beobachtete. Es waren bestimmt Polizisten, Politiker, Geschäftsleute und auch einige Ausländer dort. Er fing Gesprächsfetzen auf Spanisch auf. In solchen Kreisen war das eine verdächtige Sprache.

Plötzlich fuhr er zusammen. Es kam ihm so vor, als ob er eine Frau erkannte. Sein Herz geriet aus dem Takt, der aufwallende Zorn behinderte seine Atmung. Maissa! Sie trug eine andere Frisur und hatte ihre Jeans gegen ein eng anliegendes schwarzes Kleid getauscht, das so geschnitten war, dass einem kein feines Detail ihres nahezu perfekten Körpers entging. Der Mann, der sie begleitete, war jung. Dreadlocks, Ohrringe, dunkle Brille und kurze Ärmel, damit die kriegerischen Tatoos an seinen Armen zu sehen waren. Um den Hals ein rotes Tuch. Ti-Jilèt! Azémar erkannte ihn. Das Foto des Bandenchefs hing als Fahndungsplakat in allen Polizeiwachen. Was machte er hier, wo er doch wegen Mordes gesucht wurde? An ihrem Tisch saßen Leute, die er ebenfalls erkannte. Ein Senator der Republik! Ein reicher Industrieller! Es war nicht die letzte Überraschung, die er in dieser Nacht erleben sollte.

»Inspektor Azémar ... Es ist uns eine Ehre!«

Ein Mann war an seinen Tisch getreten, begleitet von zwei Burschen, deren Visagen wie geschaffen waren für ihr Amt als Leibwächter sogenannter legaler Banditen. Sie trugen ihre Pistole in einem goldenen Lederetui am Gürtel zur Schau. Ohne eine Einladung des Inspektors abzuwarten, setzte sich der Neuankömmling ihm gegenüber.

»Sie sollten nicht allein sitzen, Inspektor.«

Er erkannte Anelma. Er hatte sich gegenüber dem Foto nicht verändert. Etwas zugenommen. Er hielt ein Glas mit einem alkoholischen Getränk in der Hand. Whisky! Hier gönnt man sich das Teuerste, das man für das Beste hält, dachte Dieuswalwe Azémar. Für mich gibt's nichts Besseres als meinen guten *soro*.

»Ich kenne nicht viele Leute«, rechtfertigte sich Inspektor Azémar bescheiden. »Ich warte auf Kommissar Dulourd. Er hat mich gebeten, hier bei Ihnen zu ihm zu stoßen.«

Anelma sah ihn starr an. »Er weiß, dass Kommissar Dulourd abgeknallt wurde«, dachte Dieuswalwe Azémar. »Er stellt sich Fragen. Ob ich wohl Bescheid weiß? Er dürfte nicht wissen, dass ich bei Manbo Nia war.«

»Ah, unserer unentbehrlicher Dulourd! Sind Sie sicher, dass er kommt?«

»Kommissar Dulourd hält immer Wort«, antwortete Dieuswalwe Azémar. »Warum hätte er sonst darauf bestanden, dass ich komme?«

Anelma wiegte den Kopf, als wäre er mit der Antwort des Polizisten zufrieden.

»Er wollte Sie überraschen. Sie sollen sein Kampfhahn sein. Wenn er verspätet ist, warten wir nicht.«

Er stand auf.

»Kommen Sie, wir beginnen.«

Der Inspektor folgte dem ehemaligen Polizisten zu einem großen, ovalen, gegenüber dem Publikum etwas erhöhten Tisch, an dem bereits ein halbes Dutzend Männer saß. Dieuswalwe Azémar erkannte drei von ihnen. Guevara, einen Mann aus Hinche, der schon mindestens siebzig Jahre alt sein musste und nach einer Art Guerillakrieg benannt war, den er auf dem Zentralplateau geführt hatte, um als größter *kleren*-Trinker seiner Region anerkannt zu werden. Bösen Zungen zufolge verdankte er seinen Erfolg einem trinkfreudigen Zombie, den er von einem *bòkò* hatte. Pitbul, einen jungen, kaum zwanzigjährigen Mann aus Léogâne, der jetzt den größten Trinkern des Landes den Rang ablief. Dojo, einen ehemaligen Sergeanten, dessen Ruf daher rührte, dass er einen in Trinkduellen als unbesiegbar geltenden General und Präsidenten der Republik geschlagen hatte. Die anderen kannte er nicht.

»Es heißt, Sie seien ein gestandener Trinker, Inspektor Azémar. Sie werden die Gelegenheit nicht auslassen, ihre Talente unter Beweis zu stellen.«

Anelma wies ihm einen Stuhl an. Die beiden Leibwächter rückten sehr nah an den Inspektor heran, um ihm zu bedeuten, dass er keine Wahl hatte.

»Nehmen Sie Platz, Inspektor«, befahl Anelma.

Dieuswalwe Azémar setzte sich, während Anelma um den Tisch herum ging, um ihm gegenüber Platz zu nehmen. Jeder der Trinker hatte ein großes Glas vor sich.

»Musik!«, rief ein hochgewachsener, ganz in Weiß gekleideter Mann mit einem ebenfalls weißen Hut.

Aus gut verborgenen Lautsprechern ertönte ein Bolero auf

Spanisch, gespielt von einem sehr bekannten Orchester. Die *kakakleren* hatten eine Schwäche für solche Stücke.

»*Gwògmann!*«, schrie der Zeremonienmeister. »Schwört ihr der Flasche unverbrüchliche Treue bis ans Ende der Zeiten?«

»Wir schwören!«, riefen die Trinker im Chor.

»*Gwògmann!* Schwört ihr, Frau und Kinder jederzeit im Stich zu lassen, um dem Alkohol euer Bestes zu geben?«

»Wir schwören!«

»*Gwògmann!* Schwört ihr, euch von allen irdischen Vergnügungen wie dem Sex abzuwenden, um nur dem einzigen Vergnügen zu frönen, das Gott dem Menschen in seiner unendlichen Liebe gestattet hat: dem Alkohol?«

»Wir schwören!«

»Schwört ihr, euch einen fairen Wettbewerb zu liefern und euer ganzes Können einzusetzen, damit, wenn der Alkohol gezähmt ist, der Sieger die Kette aus goldenen Trauben umlegen kann?«

»Wir schwören!«

Dieuswalwe Azémar hatte von solchen Wettbewerben gehört. So etwas Blödsinniges! Was war das für eine Geschichte mit der Kette aus goldenen Trauben? Eine junge Hostess erschien und schwenkte eine Kette, die tatsächlich aus goldenen Nachbildungen von Trauben bestand. War das wirklich Gold?, fragte sich der Inspektor.

»Gold«, versicherte Anelma, der seinen Gedanken erriet. »Wir respektieren den Alkohol, Inspektor.«

Die Hostess übergab die Kette dem Zeremonienmeister, der sie mit vollkommen religiöser Inbrunst küsste, bevor er sie an einen ankerförmigen Haken hängte, der am Stamm einer Palme angeschraubt war. Die Anwesenden spendeten donnernden Applaus. Waren Maissa und ihr Liebhaber, der Bandenchef Ti-Jilèt, immer noch da? Von seinem Platz aus konnte der Inspektor nur schwer die Gesamtheit der Gäste überblicken. Er musste Gesten, Bewegungen oder Blicke vermeiden, durch die Anelma Verdacht schöpfen könnte. Maissa hatte ihn bestimmt gesehen. Würde sie den Banditen veranlassen, sich davonzumachen?

»*Gwògmann!* Auf die Plätze!«

Alle ergriffen ihr Glas. Inspektor Azémar nahm seines als Letzter.

»Möge der *kleren* in Strömen fließen! Der beste *kleren*, der Stolz der Stadt Gonaïves. Der 22-22!«

Eine Hostess ging mit einer riesigen Korbflasche voll *kleren* um den Tisch herum und füllte die Gläser der Zecher. Der Mann in Weiß schwenkte einen Revolver und drückte ab. In drei oder vier Sekunden hatten alle dreizehn Teilnehmer ihr Glas geleert. Inspektor Azémar fand die Übung angenehm, zumal der äußerst starke *kleren* köstlich war.

»*Gwògmann!* Auf die Plätze!«

Eine zweite Korbflasche machte die Runde, und der Schuss des Zeremonienmeisters gab erneut das Signal, die Gläser auszutrinken. So zirkulierten zehn Flaschen, bevor drei Teilnehmer, darunter der Sergeant, der den General und Präsidenten besiegt hatte, auf ihrem Stuhl zusammensanken. Eigens dafür bereitgestellte Helfer brachten sie schnell weg. Bei der dreizehnten Flasche gaben zwei weitere Teilnehmer auf. Inspektor Azémar hielt sich wacker. Der *kleren* war von außergewöhnlicher Qualität. Er fühlte nur einen leichten Schwindel, aber nichts Besorgniserregendes. Er sah immer noch klar, hatte keine schwere Zunge, und seine Hände zitterten nicht. Bei der fünfzehnten Flasche waren nur noch drei im Rennen, Anelma, der Inspektor und Pitbul, der junge Mann aus Léogâne. Dieuswalwe Azémar hatte starke Zweifel, dass der Letztere die nächste Flasche überstehen würde.

»Ein Bissen Fleisch vor dem Finale!«, verkündete der Zeremonienmeister.

Die Musik spielte immer noch so laut. Drei Kellnerinnen stellten große Teller mit gegrilltem Fleisch, frittierten Bananen und *akra** auf den Tisch. Anelma beugte sich zu Inspektor Azémar vor. Er sprach langsamer und zog die Silben in die Länge. Der *kleren*, den er zu sich genommen hatte, machte sich bemerkbar.

»Das i-i-ist g-g-gutes Fleisch. Da-da-das beste. Ka-Ka-Katzenfleisch, Insp-p-p-pektor, Ka-Ka-Katzenfleisch ...«

Dieuswalwe Azémar war noch in Form, aber er näherte sich seinem alkoholischen Limit. Obwohl er ein großer *soro*-Trinker war, hatte er niemals geglaubt, dass er bei einem solchen Wettbewerb so weit kommen könnte. Anelma griff mit den Fingern in einen Teller und nahm ein Stück Fleisch.

»K-k-keine Sorge, Insp-p-pektor. Ein best-st-st-stimmter K-K-Kater ist zu w-w-wichtig, um ihn zu e-e-e-essen. D-d-der isses n-n-n-ich.«

»*Gwògmann!* A-a-auf die Plätze!«

Wie der Inspektor bemerkte, zollte auch der Zeremonienmeister dem Getränk seinen Tribut. Azémar schwenkte sein Glas, das eine Kellnerin füllte. Hinter sich hörte er ein Poltern. Ein rascher Blick verriet ihm, dass einer der Leibwächter, der ebenfalls dem *kleren* zu ausgiebig zugesprochen hatte, umgekippt war. Der Zerberus kroch auf dem Boden bis zu einem Liegestuhl, auf den er sich stützen konnte. Der Schuss krachte. Dem Inspektor kam es vor, als ob er ein Echo hörte. Ein Echo oder einen weiteren Schuss. Mehrere Schüsse! Er hielt es für eine Sinnestäuschung durch zu viel *kleren*. Eine Stimme in ihm warnte ihn vor einer Gefahr, aber seine Sinne waren nur durch den aberwitzigen Wettbewerb in Anspruch genommen, den er als großer Liebhaber des *kleren* und des *soro* gewinnen wollte. Er leerte sein Glas. Der junge Kerl neben ihm konnte seines nicht austrinken. Er übergab sich auf den Tisch und fiel mit dem Gesicht ins Erbrochene.

»*Gwògmann!*«, grölte der Zeremonienmeister und zog seine Jacke aus. »Auf die Plätze!«

Dieuswalwe Azémar schwenkte erneut sein Glas. Anelma hatte eine weniger sichere Hand als vorher. Die Kellnerin füllte zitternd die Gläser.

»D-d-du kriegst mich nicht, Insp-p-p-pektor«, stammelte Anelma unter einem Schluckauf.

Inspektor Azémar trank seinen *kleren* mit einer Leichtigkeit aus, für die ihm der Beifall eines Publikums aus kundigen Trunkenbolden gebührt hätte. Anelma betrachtete den Polizisten mit dem gefüllten Glas in der Hand, aus seinen Augen leuchtete der Hass:

»Du d-d-dreckiger *gwògmann*«, sagte er, »v-v-on sonem erb-b-b-bärmlichen W-W-Wicht lassich m-m-mich nich d-d-drankriegen.«

Seine Hand fuhr unter das Tischtuch, um eine Pistole hervorzuziehen. Dieuswalwe Azémar war schneller. Hatte er die Reaktion des ehemaligen Polizisten erwartet? Anelma kippte, mitten in die Stirn getroffen, rücklings mit seinem Stuhl um. Zu schnell für den anderen Leibwächter, dessen Sinne wohl durch den *kleren* abgestumpft waren. Dieuswalwe Azémar schoss ihn ohne Risiko nieder. Eine Kugel zwischen die Augen. Dann hörte er die Feuerstöße aus den automatischen Waffen. Der *kleren*, den er getrunken hatte, hatte seine Sinne wirklich auf Standby geschaltet und verhindert, dass er bemerkte, was um ihn vorging. Der Zeremonienmeister hielt sich mit beiden Händen das, was von seinem Gesicht übrig war, nachdem ein Projektil einen Teil weggerissen hatte. Eine Salve schleuderte ihn gegen eine Palme, wo er zusammenbrach wie eine Marionette, der man die Fäden durchgeschnitten hatte. Dieuswalwe Azémar schoss zwei mit Kalaschnikows bewaffnete junge Männer nieder. Soldaten von Ti-Jilèt, die mit den Gewehren kaum umgehen konnten. Leute, die Kindern solche Waffen lieferten, gehörten öffentlich erschossen. Am Schwimmbecken war niemand mehr. Einige Leichen. Aus dem Haus drangen Soldaten von Ti-Jilèt und feuerten in seine Richtung, als sie ihn erblickten. Der Inspektor konnte gerade noch hinter einem Gestrüpp aus Zwergpalmen in Deckung gehen. Ein Jeep hielt mit quietschenden Reifen vor dem Treppenabsatz des Hauses. Azémar sah, wie Ti-Jilèt und Maissa herausrannten und ins Fahrzeug stiegen. Ti-Jilèt hielt eine schwarze Katze unter dem Arm, als handelte es sich um das kostbarste Gut auf Erden. Er hatte den *kleren*-Wettbewerb ausgenutzt, um Georges wieder an sich zu bringen. Woher hatte er gewusst, dass der Kater hier bei Anelma war? Dieuswalwe Azémar verstand, was der ehemalige Polizist gemeint hatte, als er, fast schon im Delirium, gesagt hatte, ein bestimmter Kater sei zu wichtig, um ihn zu essen. Heftiges Feuer in seine Richtung verbot dem Inspektor jede Initiative. Der Jeep fuhr in halsbrecherischem Tempo los und verschwand vom Grundstück.

Er durfte nicht hier bleiben, denn eine Polizeipatrouille würde bald vor Ort sein. Seine Beine waren bleischwer. Er konnte sich nur schwer aufrecht halten. Die gesamte Erde schwankte unter ihm. Mehrere Liter *kleren* in seinem Körper ließen seinen Schwerpunkt instabil werden. Er schleppte sich zu der Palme, an der die Traubenkette hing. Das war seine Trophäe. Er hatte sie hart erkämpft, und wenn sie wirklich aus Gold war, dann konnte er seiner Tochter noch mehr Geld schicken. Er nahm sie vom Haken und hängte sie sich um den Hals. Dann begab er sich so schnell, wie sein Zustand es zuließ, zum Hauseingang. Der Anblick, der sich ihm durch die weit geöffneten Türen bot, war kein schöner. Ti-Jilèt und seine Soldaten hatten nicht viel Federlesens gemacht. Auf den kostbaren Mosaiken lagen mehrere von Kugeln durchsiebte Leichen. Darunter zwei Männer, die sehr südamerikanisch aussahen. Der Inspektor durchsuchte sie rasch. Seine Intuition hatte ihn nicht getäuscht. Beide hatten kolumbianische Papiere in ihrer Brieftasche. Dieuswalwe Azémar ging hinaus. Er musste gegen seinen Schwindel ankämpfen, und die Erde, die durch den Alkohol in seinem Blut unter seinen Füßen wogte, verlangte ihm seinen letzten Rest an Energie und Willenskraft ab. In diesem Dossier war zu viel unklar. Noch nie zuvor hatte eine Gang, auch wenn sie noch so mächtig war, ihre Basis verlassen, um eine derart groß angelegte Operation gegen jemanden durchzuführen, der sicher soliden Schutz genoss. Man musste kein Hellseher sein, um zu begreifen, dass Anelma mit den hochgestellten Schurken des Landes unter einer Decke steckte. Für die einen wie für die anderen war dieser Kater – wahrscheinlich nicht aus denselben Gründen – so wichtig, dass sie zum Äußersten bereit waren.

Dieuswalwe Azémar verließ das Anwesen und fand glücklich zu Willios Jeep zurück. Als er die Tür öffnete, krampfte sich sein Magen zusammen. Er übergab sich; die Flüssigkeit, die sein Körper ausspie, stank derart nach Alkohol, dass es ihm den Atem verschlug. Die Polizeisirenen zwangen ihn, mit all dem Schmutz auf Hemd, Hose und Schuhen ins Auto zu steigen. Er war in einem widerwärtigen Zustand, auf dem Grund des Verfalls, in dem er seit Jahren mit wechselndem Geschick schwamm. Mühsam fuhr er los. Durch den Alkohol und sein Schielen war er nicht in der Lage, parallel zu den Bürgersteigen zu fahren; die Felgen des Wagens schrammten an ihnen entlang und ließen einen Schweif aus Funken hinter sich. Einer der Polizisten in den Streifenwagen, die zu dem Ort unterwegs waren, von dem Nachbarn Schüsse gemeldet hatten, bedachte ihn mit einer Breitseite von Beschimpfungen, denn nur die Geistesgegenwart seines

Kollegen am Steuer hatte den Unfall verhindert. Dieuswalwe Azémar schätzte sich glücklich, dass seine Kollegen es eilig hatten, zum Ort der Schießerei zu gelangen, sonst hätten sie ihn angehalten, damit er sich erklärte. Es wäre ein ungünstiger Moment gewesen, auch wenn er als Polizeiinspektor davongekommen wäre. Ein Bericht mehr in seinem Dossier bei der Generalinspektion, wo man nur auf eine Gelegenheit wartete, ihn hinauszuwerfen. Der vermiedene Unfall machte seinen Geist wieder etwas klarer. Er bekam den Jeep unter Kontrolle. Er musste durchhalten, bis er vor seinem Haus parkte. Sollten die Spinner mit den Maschinenpistolen ihren Versuch heute Abend wiederholen, war er geliefert. In seinem Zustand war er zu nichts zu gebrauchen. Landengs *garde* hatte nicht die Kräfte, die Georges angeblich an den Kater weitergegeben hatte: Er verlieh ihm keinen Schutz vor Kugeln.

Er seufzte erleichtert auf, als er an der üblichen Stelle vor seiner Wohnung parkte. Trotz dem Tumult des *kleren* in seinem Magen war er geistesgegenwärtig genug, die im Dunkeln liegende Straße zu beobachten, ob er eine verdächtige Bewegung feststellte. Er musste rasch ins Haus. Leichter gesagt als getan. Das Aussteigen aus dem Auto war eine Übung für sich. Der Jeep drehte sich mit ihm. Er war schwerelos, schwebte im Leeren. Azémar sah die Kiefer der Tarantel, die ihn bedrohten wie zu Zeiten der von Amanda Racelba unterbrochenen Kur. Endlich kam er auf dem Boden zu stehen. Es gelang ihm zwar, die Tür des Jeeps zu schließen, sie mit dem Schlüssel zu verriegeln, erwies sich jedoch als zu große Herausforderung. Er beschloss, die Türen so zu lassen, wie sie waren. Im Wagen gab es nichts zu stehlen. Der Schatten löste sich aus der Dunkelheit. Dieuswalwe Azémar hörte nur die Stimme: »Dreckiger Katzenfresser! Jetzt wirst du bezahlen!« Offensichtlich hatte der Alkohol sogar den *garde* niedergestreckt. Nicht Loko rettete ihn, sondern die Kette aus goldenen Trauben, die zu eng um seinen Hals lag. Die Klinge der Machete traf auf das Metall, so dass der Inspektor reagieren und der *garde* eingreifen konnte. »Der Mörder der Katzenesser«, dachte er. Er bekam die Hand zu fassen, die die Waffe hielt. Sie lieferten sich einen so wilden Nahkampf, dass sie auf den von einem Regenschauer nassen Asphalt fielen und sich schließlich im schlammigen Wasser des Rinnsteins wälzten, wo die beiden Körper nur noch Hände und Füße mit der Energie der Verzweiflung bewegen konnten, um die Oberhand zu gewinnen. Der Inspektor war bei diesem Ringkampf auf Leben und Tod durch den Alkohol behindert. Er versuchte, seine Dienstwaffe zu ziehen, aber sein Gegner zwang ihn, den Revolver loszulassen, der in die Pfütze fiel. Dieuswalwe Azémar konnte das Gesicht des Killers nicht sehen, da er eine Haube trug. Der Kampf dauerte eine gute Minute. Dieuswalwe Azémar glaubte einen Vorteil zu gewinnen, als es ihm gelang, das Handgelenk des Mörders fest zu umklammern, seine Hand bewegungslos zu machen und ihn zu zwingen, die Klinge in seine linke Schulter zu stoßen. Das herausspritzende Blut vermischte sich mit dem Erbrochenen auf dem Hemd des Inspektors. Der Schmerz und der Überlebensinstinkt verschafften dem Killer jedoch einen letzten Energieschub. Er versetzte dem Polizisten einen Tritt in den Unterleib. Dieuswalwe Azémar blieb die Luft weg, er ließ los. Der Mörder kam mit akrobatischem Geschick wieder auf die Beine und floh in die Nacht, ohne den Kampf wieder aufzunehmen, dessen Ausgang ihm zu ungewiss erschien.

Der Inspektor tastete im schlammigen Wasser und fand seine Waffe in einem Haufen stinkender Lumpen. Er bemerkte, dass die Kette aus Goldtrauben nicht mehr an seinem Hals war. Wie ein Irrer durchwühlte er erneut den Schlamm des Rinnsteins. Ein schmutziges, stark nach Urin riechendes Wasser schwemmte den ganzen Unrat zum nächsten Gully. Verzweifelt versuchte er sein Glück, fand aber nur eine kleine schwarze Kugel mit einem Loch, die wahrscheinlich von einem modischen Ohrgehänge abgefallen war. Da ihm klar wurde, dass er den Verstand zu verlieren drohte, stand er auf und fand die Kraft, bis zur Tür seiner Wohnung zu gelangen. Er erinnerte sich an seine Schwierigkeiten mit der Tür von Willios Jeep, aber die tausendmal wiederholten Handgriffe waren in sein Gedächtnis eingraviert, auch wenn sie von mehreren Litern *kleren* überflutet waren. Ein Auto mit ausgeschalteten Scheinwerfern näherte sich. Er schloss die Augen. Unfähig, sich noch gegen irgendetwas zur Wehr zu setzen, wartete er auf das Knattern der Maschinenpistolen, stellte sich vor, wie sein Körper von den Projektilen zerfetzt wurde. Der Wagen fuhr vorbei, ohne anzuhalten. Dass Fahrzeuge nachts ohne Scheinwerfer unterwegs waren, war gang und gäbe in dieser Stadt, in der dank der Laxheit der Behörden bald alles erlaubt war. Er öffnete die Tür seiner Wohnung, trat ein und schloss sie wieder. Weiter kam er nicht. Er brach auf dem Teppich zusammen und verlor das Bewusstsein.

TAG 4

Der Kopf fiel zu Boden. Auf seinen Lippen der Geschmack des Blutes, das aus dem durchtrennten Hals spritzte. Er ließ die Machete los, sie fiel langsam auf den staubigen Savannenboden, als würde ein Film in Zeitlupe abgespielt. Das Klingeln eines Telefons begleitete den Fall der Waffe. Im Traum erinnerte ihn die Machete an das Raumschiff in dem Film von Kubrick, den er so liebte: *2001: Odyssee im Weltraum.* Auch weil der Klingelton des Telefons der Originalmusik nachempfunden war. Er erwachte aus seiner Ohnmacht oder vielmehr seinem Schlaf so plötzlich, dass sein Herz aus dem Takt geriet und er glaubte, kurz vor einem Herzanfall zu stehen. Dank seiner Erfahrung als Alkoholiker, dem die Rückkehr aus dem Delirium vertraut war, fasste er wieder Fuß in der Wirklichkeit. Er stank. Erbrochenes. Sein eigenes. Aber auch Blut auf seinem Hemd, an den Schultern und auf der Brust. Er tastete sich ab. Keine Verletzung. Seine Dienstwaffe neben ihm auf dem Teppich war voller Schlamm. Es klingelte hartnäckig weiter. Das Telefon in seiner Tasche. Er nahm ab. Verblüfft stellte er fest, dass er nicht in seinem Bett lag, sondern auf dem schmutzigen Teppich im Wohnzimmer, direkt neben der Eingangstür. Aus dem Nebel seines Gedächtnisses lösten sich Bilder von den Ereignissen des gestrigen Abends.

»Hallo«, brachte er mit tonnenschwerer Zunge hervor.

»Inspektor Azémar? Hier ist Celuri.«

Sein Magen krampfte sich zusammen, er übergab sich erneut. Bekümmert betrachtete er den alkoholischen Dreck. Wer würde hier sauber machen? Zu guter Letzt müsste er den Teppich wohl doch wegwerfen.

»Inspektor Azémar, können Sie mich hören?«, schrie Celuri ins Telefon.

»Sprich«, sagte der Inspektor, »ich höre dich.«

»Die Leiche von Kommissar Dulourd wurde auf einer Müllkippe am Ausgang der Stadt gefunden.«

»Scheiße«, sagte der Inspektor.

Nicht wegen der Meldung von Dulourds Tod. Er hatte gehofft, dass die Leiche nicht so schnell auftauchen würde.

»In der Generaldirektion und der Generalinspektion geht es drunter und drüber. Sie werden alles unter die Lupe nehmen, was der Kommissar in seinen letzten Tagen gemacht hat.«

Celuri war darüber offensichtlich nicht erfreut.

»Du hast doch mit dem Tod des Kommissars nichts zu tun«, beruhigte ihn der Inspektor, dem es gelang, seinen Worten eine leichte ironische Färbung zu verleihen. »Was hast du zu befürchten?«

»Wir haben alle unsere kleinen Geheimnisse«, sagte Celuri.

»Du sagst es, Celuri. Alle. Das ist das Problem bei uns. Also kannst du beruhigt sein.«

»Und die Vorfälle bei Anelma? Dulourd war zu dem Fest eingeladen, und Sie waren auch dort. Die Generalinspektion wird nichts dem Zufall überlassen, das müssten Sie wissen.«

»Ich war betrunken«, erinnerte ihn der Inspektor. »Dieser Verrückte hat mich gezwungen, an einem *kleren*-Wetttrinken teilzunehmen. Er selbst konnte nicht dabei sein. Als ich wieder zu mir gekommen bin, lag ich zu Hause auf meinem Teppich, den ich jetzt wegwerfen muss.«

»Bei Anelma wurden Schüsse gehört, die Nachbarn haben die Polizei gerufen. Als die dort war, konnte sie nur noch feststellen, was da für ein Gemetzel stattgefunden hat. Zehn Tote, darunter Anelma und zwei kolumbianische Staatsangehörige.«

»Ich muss ein Bad nehmen, Celuri. Ich bin in einem unmöglichen Zustand.«

»Es heißt, Sie hätten den Wettbewerb gewonnen«, sagte Celuri.

»Wer sagt das?«

»Die anderen. Der Sergeant und ein junger Mann aus Léogâne. Kompliment, Herr Inspektor.«

»Mein Ruf wird weiter leiden«, dachte der Inspektor.

»Sie müssen bestimmt als Zeuge über die Vorfälle aussagen«, warnte ihn Celuri. »Anelma war immerhin ein ehemaliger Polizist.«

»Ich stehe den Ermittlern zur Verfügung, Celuri. Mein Beileid für deinen *patron*.«

Er legte auf, ohne die Antwort des Wachtmeisters abzuwarten. Die Waffe, mit der er Anelma und auch zwei Soldaten von Ti-Jilèt erschossen hatte! Seine Dienstwaffe, der Smith & Wesson! Er hatte keine Wahl gehabt. Er würde eine glaubwürdige Erklärung liefern müssen. Aber die Vorgänge bei Anelma waren zwielichtig. Zu zwielichtig, als dass man sie ernsthaft untersuchen konnte. Ein Senator der Republik, ein reicher Industrieller und noch weitere bekannte Persönlichkeiten hatten sich zusammen mit einem gesuchten Bandenchef vor Ort befunden. Er, Dieuswalwe Azémar, war von dem *kleren*-Wetttrinken völlig benebelt gewesen und außerstande, die geringste Aussage darüber zu machen, was in den paar Minuten bei Anelma, in denen Ti-Jilèt seine Operation zur Rückeroberung des Katers gestartet hatte, geschehen war.

Als er aufstand, verharrte er einige Sekunden reglos, denn die Erde schlug unter dem Einfluss des *kleren* weiter imaginäre Wellen. Sich mit einer Hand an der Wand entlangtastend, gelangte er ins Badezimmer. Großer Gott, wie er stank! Das Erbrochene. Der Alkohol. Das ekelerregende Wasser des Rinnsteins. Das Gesicht, das ihm der Spiegel zurückwarf, war abgemagert, aber angeschwollen von den Schlägen, die er bei seinem wilden und verzweifelten Kampf mit dem Killer abgekommen hatte. Das Blut auf seinem Hemd stammte nicht von ihm. Er zog es aus. Keine Verletzung an der Schulter, am Oberkörper oder den Armen. Er suchte sich eine Plastiktüte und steckte das Hemd hinein. Wer weiß, was Michel in diesem Blut entdecken würde! Er rief ihn sofort an. Die verschlafene Stimme seines Freundes machte ihm bewusst, dass es früh am Morgen war.

»Ich komme bei dir vorbei, bevor du ins Labor gehst, Michel«, informierte ihn Azémar. »Es ist wichtig.«

»Ich erwarte dich«, willigte Michel ein. »Ich gehe heute Morgen sowieso nicht zur Arbeit. Pepe hat mir wehgetan.«

Dieuswalwe Azémar legte auf. Er brauchte eine Weile, um seine Dienstwaffe zu reinigen. Anschließend verweilte er unter der Dusche, bis das kalte Wasser die alkoholischen Nebel vertrieben hatte. Sein Gehirn nahm seinen Betrieb wieder auf. Der Kater befand sich nun in Ti-Jilèts Besitz. Er musste ihn so schnell wie möglich wiederbekommen. Sobald er aus der Dusche kam, rief er Celuri an und befahl ihm, unverzüglich zu ihm nach Hause zu kommen. Er war kaum angezogen, als es schon an der Tür klingelte. Celuri hatte keine Zeit verloren. Der Inspektor führte ihn in das einzige Zimmer, das ihm als Wohnzimmer, Küche und Esszimmer diente, und wies ihm einen ramponierten Sessel an. Der Wachtmeister musterte den Ort mit schlecht verhohlener Verachtung, wagte jedoch nicht, sich die Nase zuzuhalten, obwohl der Geruch nach Erbrochenem kaum zu ertragen war.

»Hier wohnen Sie?«, wunderte er sich.

»Ja«, sagte Dieuswalwe Azémar. »Das hier hat keine Ähnlichkeit mit dem Palast von Dulourd und denen, mit denen du gewöhnlich verkehrst.«

Er entkorkte eine Flasche *soro* unter Celuris überraschtem Blick.

»Gegen einen richtigen Kater hilft nur Alkohol«, erklärte Dieuswalwe Azémar.

»Sie sind wirklich ein spezieller Mensch«, sagte Celuri wie betäubt von dem Anblick, den die Wohnung seines Vorgesetzten bot. »Nach allem, was ich weiß, könnten Sie genauso reich sein wie die anderen.«

Der Inspektor stellte die bereits leere *soro*-Flasche auf dem Tisch ab. Er fühlte sich besser. Den Mörder der *kaka-kleren* würde er zur Strecke bringen, nicht nur wegen seiner Verbrechen, sondern auch wegen der Kette aus Goldtrauben, die im Wasser des Rinnsteins verschwunden war. Das war eine Trophäe, die er stolz zur Schau getragen hätte. Er hätte die echte verkauft und sich eine Kopie fertigen lassen. Für Mireyas Ausbildung wäre gesorgt gewesen, und er hätte den Beweis seines Sieges noch gehabt, ganz abgesehen vom Zeugnis der übrigen Teilnehmer außer Anelma, seine Seele brenne in der Hölle. Die *kaka-kleren* hatten zumindest eine gute Eigenschaft: Sie anerkannten die Tapferkeit derer, die den Alkohol zu bezwingen wussten.

»Ich möchte dich um einen Gefallen bitten«, begann Dieuswalwe Azémar.

»Was bekomme ich dafür?«, erkundigte sich Celuri vorsichtig.

»Ich bin bei der Generalinspektion aus allen möglichen Gründen schlecht angeschrieben, aber die höheren Vorgesetzten zweifeln nicht an meinen Talenten als Polizist.«

»Das stimmt«, gab Celuri zu. »Es heißt überall, Sie sind der Beste.«

»Nun, dann stell dir vor, ich schreibe eine Notiz zu deinen Gunsten. Es ist bekannt, dass mein Urteil uneigennützig ist. Dulourd wollte dich an seiner Seite halten. Als seinen treuen Wauwau. Mit mir hast du die Chance, befördert zu werden.«

Celuri kratzte sich am Kinn. In seinen Augen leuchtete Interesse auf.

»Was wollen Sie, Herr Inspektor?«

»Den Kopf von Ti-Jilèt.«

»Dem Bandenchef! Warum?«

»Das ist eine Sache zwischen ihm und mir.«

»Sie erstaunen uns immer wieder, Herr Inspektor. Ji-Jilèt verfügt über solide Protektion, das wissen Sie bestimmt.«

Celuri legte in einer Pose, von der er glaubte, dass sie ihn gutmütig wirken ließ, die Hände aufeinander.

»Warum wenden Sie sich da an mich, Herr Inspektor?«

»Ich weiß, dass du mit sämtlichen Gaunern der Stadt herumgehangen bist und weiter mit ihnen herumhängst. Du hast bestimmt Verbindungen zu den Bandenchefs in zahlreichen Vierteln.«

»Eine Polizei funktioniert nicht ohne Informationen, Herr Inspektor«, gab Celuri zu bedenken. »Ich bin ein talentierter Informant.«

»Du brauchst dich nicht zu rechtfertigen, Celuri. Ich möchte, dass du Ti-Jilèt ein Geschäft vorschlägst.«

»Ein Geschäft? Was für eins?«

»Die Leiche von Capitaine gegen eine Geldsumme. Sagen wir zehntausend Dollar.«

»Ich habe die Leiche von Capitaine nicht«, protestierte Celuri. »Und selbst wenn ich sie hätte: Warum sollte er für eine Leiche zehntausend Dollar blechen?«

»Für ein Versprechen«, versetzte Dieuswalwe Azémar.

Celuri sah den Inspektor verständnislos an.

»Sind Sie sicher, dass Sie dem *kleren* nicht immer noch Tribut zollen?«

»Du sprichst mit deinem Vorgesetzten, Celuri«, grollte der Inspektor.

Als ehemaliger Soldat nahm Celuri Habachtstellung ein:
»Mein aufrichtiger Respekt, Herr Inspektor!«
Er sprach in so ehrerbietigem Ton, wie er konnte:
»Haben Sie die Leiche von Capitaine, Herr Inspektor?«
»In diesem Punkt werde ich Ti-Jilèt nicht belügen.«
»Wer soll Ti-Jilèt benachrichtigen? Und wer soll ihm die Leiche bringen?«
»Du benachrichtigst ihn«, antwortete der Inspektor. »Angesichts der Ruhmestaten, die du im Slum vollbracht hast, wird er dir vertrauen.«
Celuri ging auf die Anspielung seines Vorgesetzten nicht ein.
»Was ist mein Anteil an den zehntausend Dollar?«
»Fünfundzwanzig Prozent«, schlug der Inspektor vor.
»Dreißig«, verlangte Celuri, »sonst mache ich nicht mit.«
»Gut, dreißig«, lenkte der Inspektor ein.
Celuri lächelte zufrieden.
»Wie wollen Sie Ti-Jilèt zur Strecke bringen?«
Dieuswalwe Azémar stand auf.
»Mach dich an die Arbeit, Celuri. Das ist meine Operation. Ich erkläre dir, wie wir vorgehen, aber die Zeit drängt. Die ganze Aktion muss heute Abend abgeschlossen sein.«
»Heute Abend!«, rief Celuri aus.
»Das Überraschungsmoment und schnelle Ausführung sind immer die Waffen des perfekten Strategen, Celuri. Wenn du die Sache ausplauderst, dann schwöre ich, dass ich dir das Schicksal der Polizisten bereite, die in Cité-Soleil enthauptet wurden. Mir würde das nicht allzu schwer fallen, das kann ich dir versichern.«
Celuri erbleichte trotz seiner sehr dunklen Gesichtsfarbe. Die Anspielung auf seine Verbrechen hörte er sicher nicht gern. Er konnte sich vor allem davon überzeugen, dass dieser verdammte Inspektor gefährlich war. Er war kein legaler Bandit, wie Banditen genannt wurden, die im Sold der politischen Macht standen oder selbst an der Macht waren. Er war ein echter Banditentöter, ob sie nun legal waren oder nicht. Es war besser, auf seiner Seite zu stehen, zumindest im Moment. Und außerdem, so argumentierte er bei sich, war es nicht normal, dass der Inspektor immer noch auf seinem Posten war, obwohl so viele Personen ihn sechs Fuß

tief unter die Erde wünschten. Haiti war das kurioseste Land, das es gab. Dieuswalwe Azémar musste verborgene Unterstützer haben. Das war Celuris Erklärung für alles und jedes. Seine Entscheidung stand fest: Fürs Erste würde er seinem Vorgesetzten gehorchen.

»Zu Befehl, Herr Inspektor!«

*

Er klingelte dreimal, bevor Michel ihm öffnete. Der Informatiker war heute nicht zur Arbeit gekommen und hatte hohes Fieber vorgeschützt. Dieuswalwe Azémar machte keinen Hehl aus seiner Überraschung, als er sah, in welchem Zustand sein Freund war. Sein Gesicht war aufgedunsen, die Lippen aufgequollen, ein Auge zugeschwollen, die linke Wange verbunden. Er trug einen Arm in der Schlinge.

»Michel!«, rief Dieuswalwe Azémar erstaunt aus. »Haben dich etwa deine Liebhaber so zugerichtet?«

Michel seufzte und zupfte dabei die weite Bluse zurecht, die er über einer engen, an den Knien aufgeschlitzten Jeans trug, durch die seine ganz weiblichen Formen zur Geltung kamen.

»Es ist tatsächlich eine turbulente Liebe, Dieuswalwe. So eine Beziehung habe ich noch nie erlebt. Man muss es erfahren, um es zu verstehen. Was kann ich wieder mal für dich tun?«

Der Inspektor reichte ihm die Tüte mit dem Hemd.

»Auf diesem Hemd ist Blut. Es stammt nicht von mir, sondern von dem Mörder, den ich seit Monaten suche.«

»Willst du warten? Es kann eine Weile dauern.«

Dieuswalwe Azémar schaute auf seine Uhr.

»Nein, ich rufe dich an. Ich muss ins Büro. Die Generalinspektion hat Fragen an mich.«

»Über das, was bei diesem ehemaligen Polizisten, diesem Anelma, passiert ist«, sagte Michel. »Ich weiß Bescheid. Eine finstere Geschichte. Aber die Untersuchung wird nicht sehr weit gehen. An der Sache ist was faul. Er wurde nach einer aberwitzigen Geschichte mit einer Ladung Kokain, die im Süden des Landes verschwunden ist, aus der Polizei entlassen.«

»Wie lange ist das her?«

»Sieben Jahre, glaube ich.«

Aus dem Schlafzimmer grollte eine Stimme:

»Ich kann's nicht leiden, wenn du mich allein lässt, ohne mir was zu sagen. Mit wem redest du?«

»Mit einem Freund, Pepe«, antwortete Michel.

Azémar hörte einen Fluch, und aus dem Schlafzimmer kam ein nur mit einem Slip bekleideter Mann. Er trug stolz seine beiden Bodybuilder-Bizeps zur Schau.

»Wer ist der Typ?«, brüllte er und baute sich vor dem Inspektor auf.

Michel hatte keine Zeit zu antworten. Der Liebhaber des Informatikers wurde von der Bewegung des Inspektors überrascht. Azémars Fuß schnellte gezielt vor und traf ihn am Unterleib, wo es am meisten wehtun musste. Pepe krümmte sich vor Schmerz, und das Knie des Polizisten zerschmetterte ihm den Kiefer. Pepe fiel rücklings um. Der Inspektor zwang ihn mit jener Kraft, die man bei ihm nie vermutete, aufzustehen und schleuderte ihn gegen ein Regal, das unter dem Aufprall und dem Gewicht Pepes zusammenbrach. Während er halb ohnmächtig versuchte, sich von den Büchern, Zeitschriften und Nippsachen freizumachen, die auf ihn herunterregneten, bahnte sich der Lauf von Azémars Waffe einen Weg in seinen Mund und brach ihm dabei einen Zahn ab.

»Siehst du diesen Mann hier?«, fragte Dieuswalwe Azémar.

Pepe nickte mit schreckensgeweiteten Augen. Michel betrachtete versteinert, mit der Hand auf dem Mund die Szene.

»Du kannst dich mit ihm amüsieren, wie du willst. Das ist eure Sache. Aber du respektierst ihn. Du schlägst ihn nicht mehr so zusammen, auch nicht, wenn er es von dir verlangt. Hast du verstanden?«

Pepe nickte erneut. Sein Mund war voller Blut. Dieuswalwe Azémar ließ ihn los.

»Und dann behaupten sie, sie hätten Muskeln«, sagte er verächtlich.

Pepe verschwand wie der Blitz im Schlafzimmer und schloss die Tür. Er musste sich verbarrikadieren, um weitere Aktionen des Inspektors zu verhindern.

»Dieuswalwe«, stöhnte Michel. »Du hast ihm wehgetan. Er tut es, weil er mich liebt.«

»Er muss lernen, dich anders zu lieben. Du bist kostbar für mich.«

Michel riss mit dem Ausdruck der Glückseligkeit die Augen weit auf.

»Stimmt das, dass ich kostbar für dich bin?«

»Sehr kostbar«, antwortete der Inspektor und steckte seine Waffe weg. »Tu dein Bestes mit dem Blut auf dem Hemd. Das ist die einzige konkrete Spur, die ich seit sechs Monaten in diesem Fall gefunden habe. Ich zähle auf dich.«

»Du hast ihn geschlagen, weil ich kostbar für dich bin!«, rief Michel verzückt. »Lass dich küssen, mein Schnucki!«

Dieuswalwe Azémar machte, dass er zur Tür kam, und entfloh, bevor er gezwungen war, seinen Freund zurückzustoßen.

*

Das Metalltor glitt beiseite, und der Transporter fuhr rückwärts in den Hof des privaten Leichenhauses *Zum Paradies der Seligen*. Derartige Leichenhallen schossen in der Stadt wie Pilze aus dem Boden. Die Leute schienen in den letzten Jahren leichter und nicht nur durch Gottes Willen zu sterben, Beerdigungsunternehmen waren daher ein einträgliches Gewerbe. Der Transporter hielt vor der offenen Tür, in der Celuri stand, der für den Anlass Zivil angezogen hatte. Hoffentlich, so dachte der Polizist, während der Mann von Ti-Jilèt ausstieg und auf ihn zukam, hatte Inspektor Dieuswalwe Azémar das ihm bislang wohlgesonnene Glück nicht überstrapaziert.

»Ich bin Douvanjou«, stellte der Soldat Ti-Jilèts sich vor. »Wo ist die Leiche?«

»Hast du das Geld?«, fragte Celuri.

»Zuerst die Leiche, hat der Chef gesagt.«

Celuri gab ein Zeichen mit der Hand, und zwei Männer brachten einen fahrbaren Tisch herbei, auf dem eine in ein weißes Tuch gehüllte Leiche lag.

»Der Chef will nachprüfen«, verlangte Douvanjou.

Celuri schnippte mit den Fingern. Einer der Angestellten des Leichenschauhauses schlug einen Teil des Tuchs zurück, um das Gesicht des Leichnams freizulegen. Ein leichter Gestank. Die Kugel war mit chirurgischer Präzision in der Mitte der Stirn eingedrungen. Man sah das recht große Loch, aber der Schädel war nicht zu stark beschädigt. War das Geschoss wieder ausgetreten?, fragte sich der Polizist, der, getrieben von seiner krankhaften Neugier, nähergetreten war. Wahrscheinlich hatte der verrückte Inspektor den Banditen zur Strecke gebracht, auch wenn er sich über die Umstände des Todes von Ti-Jilèts ehemaligem Stellvertreter ausschwieg. Der Soldat hatte sein Telefon hervorgezogen. Er sprach einen Moment mit seinem Chef und machte dann mehrere Fotos aus verschiedenen Blickwinkeln, die er sofort per WhatsApp verschickte. Der Chef war wohl zufrieden. Douvanjou bat, den Leichnam hinten in den Transporter zu laden. Er reichte Celuri einen Umschlag.

»Nein«, sagte der Polizist. »Regeln wir die Geldangelegenheiten im Büro.«

Douvanjou folgte Celuri in ein kleines Büro, von dem aus man keinen Blick auf den Hof hatte. Dort nahm der Polizist den Umschlag entgegen, öffnete ihn und zog drei Stapel Geldscheine heraus.

»Stimmt der Betrag?«, fragte Celuri misstrauisch.

»Der Chef hält immer Wort«, antwortete Douvanjou gekränkt. »Wenn er verspricht, dir den Bauch aufzuschlitzen, dann kann nicht einmal der Teufel dich retten.«

Celuri zählte rasch.

»Was will dein Chef mit der Leiche machen?«

»Das geht dich nichts an«, sagte Douvanjou mit drohendem Ausdruck.

»Es bringt Unglück, an Toten herumzufingern«, brummelte Celuri, während er die Scheine wieder in den Umschlag steckte. »Ich wünsche euch viel Glück.«

Sie verließen das Büro. Der weiß verhüllte Körper war hinten in den Transporter gelegt worden.

»Ich fasse ihn nicht an«, sagte Douvanjou zu Celuri. »Du hast Recht, mit einer Leiche spielt man nicht. Schon gar nicht mit der von Capitaine. Es heißt, er stand mit dem Teufel im Bund.«

Ti-Jilèts Mann setzte sich ans Steuer. Celuri sah nachdenklich zu, wie das Fahrzeug sich entfernte. Als das Tor wieder geschlossen wurde, gesellte Wachtmeister Patrick sich zu Celuri.

»Was machen wir?«

»Was der Inspektor befohlen hat«, antwortete Celuri. »Wir warten.«

*

Der Transporter erklomm mühsam den schlammigen Hang zwischen zwei Reihen von behelfsmäßigen Unterkünften. Douvanjou fuhr in einen Hof, in dem an drei Tischen Domino oder *bésigue* spielende Männer mit griffbereiten Waffen saßen. Zerlumpte Kinder folgten ihm und baten ihn um etwas Geld. Er rief ihnen Schimpfworte zu, was ihm Vorwürfe von zwei Frauen einbrachte, die mit dem Wassereimer auf dem Kopf von einem öffentlichen Brunnen zurückkehrten. Douvanjou wagte nicht, ihnen die Meinung zu sagen, denn sie waren die Favoritinnen zweier Stellvertreter von Ti-Jilèt, die mit dem Finger genauso schnell am Abzug waren wie ihr Chef. Er fuhr langsam bis zu einem festen Haus, Ti-Jilèts Hauptquartier, wo er parkte und ausstieg. Er musste verschnaufen und wischte sich den Schweiß aus dem Gesicht. Es war nicht einfach gewesen, bis dorthin zu gelangen. Zwei Polizisten hatten ihn unterwegs kontrolliert. Er hatte behauptet, er sei ein *bòkò* und habe einen Zombie im Laderaum. Dennoch hatte er zweitausend Gourde ausgeben müssen, tausend für jeden der beiden Polizisten. Und außerdem konnte man schon verdammten Schiss kriegen, wenn man Capitaines Leiche hinten im Wagen hatte! Das Fahrzeug schien viel schwerer geworden zu sein, seit man sie eingeladen hatte.

»He! Ich brauche zwei Männer, um die Leiche reinzubringen.«

Die Domino- und *bésigue*-Spieler taten, als hätten sie nichts gehört.

»Ihr faulen Säcke«, brüllte Douvanjou. »Helft mir, der Chef wartet.«

»Einen Toten nach so langer Zeit herumzutragen, bringt Unglück«, behauptete einer der Dominospieler. Er trug lauter

Wäscheklammern an den Ohren als Strafe dafür, dass er der letztplatzierte Spieler am Tisch war.

»Außerdem ist das die Leiche von Capitaine«, fügte ein anderer hinzu. »Jeder weiß, dass er bösen Geistern gedient hat.«

»Und die folgen ihm bestimmt noch«, fiel ein anderer Bandit ein. »Er ist erst seit drei Tagen tot.«

Ti-Jilèt erschien. Er schoss zweimal in die Luft.

»Zwei von euch helfen Douvanjou«, schrie er. »Ich habe keine Zeit zu verlieren.«

Er ging ins Haus zurück. Douvanjou bezeichnete zwei Männer, kräftige Kerle, die die Leiche mitnehmen sollten.

»Achtung auf das Tuch«, empfahl er, »es könnte stinken.«

»Diese Leichenhallen!«, brummte der andere. »Die ziehen dem Volk nur das Geld aus der Tasche. Nachts, wenn es keinen Strom gibt, lassen sie ihre Generatoren nicht laufen.«

»Hilf uns doch, Douvanjou«, sagte einer der Banditen.

Douvanjou warf ihnen einen zornigen Blick zu.

»Ich habe gerade mehrere Kilometer und einen Stau in dieser Hitze hinter mir. Ganz zu schweigen von den Bullenschweinen. Seht zu, wie ihr klarkommt, sonst wird der Chef wütend.«

Niemand wollte sich Ti-Jilèts Zorn zuziehen. Die beiden Männer hoben die Leiche an.

»Wir bringen ihn in den Gebetsraum vom Chef«, sagte Douvanjou.

Der Gebetsraum des Chefs war das kleine Zimmer, in dem Ti-Jilèt zu seinen Geistern betete und ihnen Opfer, sogar Menschenopfer, flüsterte man, darbrachte. Nur seine Vertrauten hatten Zutritt dazu. Douvanjou ging voraus und öffnete die erste Tür. Von der Stelle, an der sie sich befanden, konnten sie die Schreie und das Stöhnen von Ti-Jilèts Geliebter hören. Nach Gras und Alkohol war das der bevorzugte Zeitvertreib des Chefs: Maissa zu vögeln. Zum ersten Mal hatte er eine Frau so liebgewonnen. Zuvor hatte er nie mehr als drei Monate mit seinen Bettgefährtinnen verbracht. Eine von ihnen hatte nicht akzeptiert, dass er sie so schnell verließ. Sie war erschossen und ihre Leiche durch die Gassen des Slums geschleift worden, um ein Exempel zu statuieren. Die Menschenrechtsorganisationen ignorierten die rechtsfreien Viertel, und die Polizei vermied es so weit wie möglich, sich dort zu zeigen. Bei einer Konfrontation mit den Gangs zog sie oft den Kürzeren. Die Ordnungskräfte hatten es mit bewaffneten Zivilisten zu tun und einer Bevölkerung, die zu den Banditen hielt oder ihnen als Schutzschild diente. Die Presse und die Verteidiger der Menschenrechte erhoben gern beim geringsten Zwischenfall Geschrei, und Zwischenfälle waren unter solchen Umständen unvermeidlich: Wie sollte man in diesem Durcheinander wissen, wer wer war?

»Wird der Chef wirklich sein Herz mit dem Kater essen?«, fragte einer von ihnen.

»Das Fleisch von Leichen sollte man nicht essen«, fand der andere.

Der erste Bandit kicherte.

»Wir essen immer das Fleisch von Leichen.«

»Das hier ist es eine menschliche Leiche«, antwortete der zweite. »Noch dazu Capitaine.«

»Ihr redet zu viel«, zischte Douvanjou, während er die Tür zum Gebetsraum öffnete.

Sie verstummten, aber nicht für lange Zeit.

»Er hat sich bewegt«, murmelte einer der Banditen.

»Scheiße!«, fluchte der andere mit schweißbedecktem Gesicht. »Beeil dich, dass wir ihn schnell loswerden.«

Zitternd betraten sie mit der Leiche den Gebetsraum. Sogar Douvanjou war unbehaglich zumute. Sie legten den Toten auf einer Art Sockel – einem Altar? – ab, zu dessen beiden Seiten eine Kerze brannte. Der Geruch nach Weihrauch sorgte für eine drückende Atmosphäre. Douvanjou und die beiden anderen Banditen verließen eilig das Zimmer, um wieder an die frische Luft zu kommen, jeder von ihnen nahm sich vor, zu seinem *oungan* zu gehen, um ein Reinigungsbad zu nehmen.

*

Ti-Jilèt zog sich mit einem langen befriedigten Seufzer aus Maissa zurück. Zum ersten Mal bereitete ihm eine Frau zu wiederholtem Male solche Lust. Er zündete einen riesigen Joint an und füllte seine Lungen mit dem Rauch, der ihn so schnell zu den Gipfeln katapultierte. Zugleich stellte er sich gelegentlich Fragen, warum diese Frau eine solche Anziehungskraft auf ihn ausübte. Er war trotz allem vorsichtig. Zwei seiner früheren Geliebten hatten Hexer in der Plaine du Cul-de-Sac im Norden der Stadt aufgesucht, damit er nur sie begehrte. Glücklicherweise hatte ihn seine Mutter sehr früh mit einem Schutz gegen diesen von den Frauen sehr oft eingesetzten Zauber versehen.

»Hat's dir gefallen?«, fragte Maissa und leckte eine Brustwarze von Ti-Jilèt.

Dieser schob sie von sich und richtete sich auf. Er nahm eine Jeans vom Stuhl, zog sie an und steckte dann seine Pistole an den Gürtel.

»Zieh dich an und nimm den Kater. Wir können dieses Schwein Capitaine nicht warten lassen. Er liegt schon seit einer Stunde im Gebetsraum.«

»Wirst du wirklich sein Herz essen?«, fragte Maissa, während sie sich hastig ankleidete.

»Warum nicht?«, brüllte Ti-Jilèt. »Er hat mich verraten, ich muss ein Exempel statuieren. Das Herz seines Feindes zu essen, heißt sich seine Kraft anzueignen. Man nimmt ihm die Seele.«

Er trat zu Maissa hin und ergriff das Gesicht der jungen Frau mit seinen knochigen Fingern.

»Bist du dabei?«

»Du tust mir weh«, protestierte Maissa. »Ja, ich bin dabei.«

»Komm mit. Bist du sicher, dass für heute Abend alles bereit ist?«

»Keine Sorge, Liebling«, versicherte Maissa.

Sie ging ins Nebenzimmer und kam mit dem Käfig zurück. Der schwarze Perserkater betrachtete sie mit seinen smaragdgrünen Augen.

»Er hat abgenommen«, bemerkte Ti-Jilèt.

»Er hat aber gut gegessen«, antwortete Maissa.

»Er riecht auch nach Eukalyptus«, sagte Ti-Jilèt und rümpfte die Nase. »Ich mag diesen Geruch nicht.«

»Das ist ein Kater mit magischen Kräften«, erinnerte ihn Maissa.

»Auf geht's«, sagte Ti-Jilèt nach zwei tiefen Zügen an seinem Joint.

Vor der Tür standen zwei seiner treuen Soldaten. Sie folgten ihrem Chef in den Gebetsraum. Nachdem Ti-Jilèt den Raum betreten hatte, setzte er gemäß seinem Ritual ein Knie auf den Boden, zog sein rotes Halstuch heraus, schwenkte es in alle Himmelsrichtungen und sprach dabei Begrüßungsformeln für seine Geister. Maissa und die beiden Leibwächter wahrten wie üblich respektvollen Abstand. Ti-Jilèt drehte sich zu einer der Wachen um.

»Das Messer?«

Man reichte ihm ein Paket. Er wickelte das weiße Tuch ab und legte ein langes Messer frei, dessen Klinge im Halbdunkel glänzte.

»Macht die Tür zu«, befahl Ti-Jilèt.

Ein Leibwächter führte die Anweisung aus.

»Nun zu uns, Capitaine. Du hättest wissen müssen, dass niemand mich ungestraft angreift.«

Er trat zu der Leiche, die eingehüllt in ihr weißes Tuch auf dem gemauerten Sockel mitten im Gebetsraum lag. Er beugte sich zu dem Toten hinunter. Sein Feind lag leblos vor ihm. Capitaine hatte ihn stürzen wollen, um der mächtigste und gefürchtetste Bandenchef der Hauptstad zu werden. Was nun geschah, überraschte die vier Anwesenden. Es ging zu schnell, als dass jemand reagieren konnte. Ein Toter wacht nicht auf. Jedenfalls nicht unter solchen Umständen. Die Leiche schlug plötzlich das Tuch zurück und setzte sich auf, eine Hand packte Ti-Jilèt an der Kehle, während der Lauf einer Waffe sich an seine Stirn drückte. Der entsetzte Bandenchef ließ das Messer fallen.

»Eine Bewegung, und du bist tot.«

Die Leiche war aufgestanden. Maissa stieß einen Schrei aus. Sie hatte Inspektor Dieuswalwe Azémar erkannt. Die Leibwächter kamen wieder zu sich und richteten ihre Maschinenpistolen auf ihren Chef und den Polizisten.

»Sie sollen ihre Waffen ablegen, sonst schieße ich dich nieder«, befahl Inspektor Azémar.

»Ein guter Zug«, prahlte Ti-Jilèt. »Aber du kommst hier nicht lebend raus.«

Maissa trat näher.

»Er blufft«, sagte sie. »Das ist ein Polizist. Inspektor Azémar. Er will den Kater wiederhaben.«

Der Schuss krachte. Die junge Frau kippte rücklings um, die Stirn durchschlagen von einem Projektil der Beretta.

»Scheiße! Scheiße!«, plärrte Ti-Jilèt. »Der ist ja krank. Er hat sie getötet, ohne zu zögern. Maissa! Er hat sie abgeknallt. Er muss einen Teufel bei sich haben. Legt eure Waffen ab, schnell!«

Sie führten den Befehl ihres Chefs eilig aus.

»Man soll dir den Kater bringen«, verlangte der Inspektor.

»Pedro!«, brüllte Ti-Jilèt. »Nimm den Kater. Der ist krank. Ich sag's dir, er hat sie getötet, ohne zu zögern.«

Der Käfig war auf Maissas Brust gefallen, die leblos auf dem Boden lag. Einer der Leibwächter hob ihn auf. Der von dem Schuss verängstigte Kater miaute herzzerreißend.

»Eine verdächtige Bewegung, und ich schieße«, warnte Dieuswalwe Azémar. »Du hast gesehen, wie es deiner Freundin ergangen ist.«

»Du bist noch durchgeknallter als ich, *man*«, stammelte Ti-Jilèt unter Schock. »Du hast nicht einmal gezögert. Das stimmt nicht, dass du Polizeiinspektor bist. Nein, so Verrückte wie dich gibt's bei der Polizei nicht.«

»Halt die Fresse!«, blaffte Inspektor Azémar. »Nimm den Käfig und sag deinen Männern, sie sollen von der Tür weggehen. Wir verlassen das Haus, steigen ins Auto und fahren aus deinem Lager raus.«

Er drückte den Lauf seiner Waffe an das Ohr des Banditen.

»Ich habe nichts zu verlieren, hast du das verstanden?«

»Wem sagst du das, *man*?«, schluckte Ti-Jilèt und nahm den Käfig, den der Leibwächter vorsichtig gebracht hatte. »So was hab ich noch nie gesehen. Du hast sie niedergeschossen, ohne zu zögern. Meine Tussi! Du bist wirklich noch schlimmer als ich. Weit schlimmer.«

Bei dem Bandenchef war eine Mischung aus Schrecken und Bewunderung zu spüren.

»Mach, was ich sage«, befahl der Inspektor. »Sie sollen den Schlüssel im Schloss lassen.«

Ti-Jilèt flehte seine beiden Leibwächter förmlich an, zu gehorchen. Der Inspektor schob den Banditen vor sich her. Er öffnete die Tür, nahm den Schlüssel und ging aus dem Zimmer, wobei er Ti-Jilèt wie einen Schild vor sich hielt. Keiner der Leibwächter wagte zu reagieren. Nachdem sie gesehen hatten, wie der Inspektor die junge Frau getötet hatte, war ihnen jede Lust vergangen, irgendein Manöver zu probieren. Der Polizist schloss die Tür von außen ab und steckte den Schlüssel in die Tasche.

»Wir gehen so vor: Du gibst deinen Männern zu verstehen, dass ich nicht scherze. Wir nehmen den Transporter. Wenn dein Mann den Schlüssel nicht im Zündschloss gelassen hat, soll er ihn uns bringen. Ich öffne die Tür auf der Beifahrerseite. Du steigst ein und setzt dich hinter das Steuer. Ich setzte mich neben dich. Wenn deine Männer irgendwas probieren, erschieße ich dich. Ich habe nichts zu verlieren.«

»Wir können uns verständigen«, schlug Ti-Jilèt vor. »Was willst du?«

»Vorläufig trägst du den Käfig mit dem Kater und gehst vorwärts.«

Der Polizist wusste, dass es nur darauf ankam, wie Ti-Jilèt ihn wahrnahm. Das war ein kaltblütiger Killer. Er würde nur jemanden respektieren, der fähig war, einen ebenso hohen Gipfel der Barbarei zu erreichen wie er. Deswegen hatte der Inspektor nicht gezögert, Maissa zu erschießen. Er hatte zwar eine Rechnung mit ihr offen, aber jetzt pokerte er gerade um sein Leben. Sie standen im Hof. Alle Männer hatte ihre Domino- oder *bésigue*-Partie und ihre Gespräche im Schatten zweier alter Mangobäume eingestellt und ihre Waffen ergriffen.

»Ganz ruhig!«, rief Ti-Jilèt. »Ganz ruhig.«

»Waffen runter«, rief der Inspektor, »sonst töte ich euren Chef.«

»Macht, was er sagt«, insistierte Ti-Jilèt. »Er ist besessen. Der Teufel ist mit ihm. Er hat Maissa getötet, ohne zu zögern.«

Er schluchzte auf:

»Er hat Maissa abgeknallt, ohne jeden Grund.«

Die Waffe des Inspektors in seinem Nacken musste ihm eine Scheißangst einjagen. Gewalttäter seines Schlages waren die ängstlichsten Leute, die es gab, dachte der Inspektor. Wie um ihm Recht zu geben, machte Ti-Jilèt sich in die Hose, was seinen Männern die Ernsthaftigkeit der Drohung klarmachte. Sie legten die Waffen nieder.

»Ich muss mich mit eurem Chef unterhalten«, sagte Dieuswalwe Azémar. »Es ist in eurem Interesse. Er kommt bald zurück.«

Er stieß Ti-Jilèt zu dem Transporter.

»Ruf Douvanjou, damit er uns den Schlüssel gibt.«

»Douvanjou«, rief Ti-Jilèt, »den Schlüssel.«

»Der Schlüssel steckt, Chef«, antwortete Douvanjou, der keinen Schritt zu tun wagte.

»Dich bring ich um, wenn ich zurück bin«, warnte ihn der Bandenchef.

Dieuswalwe Azémar zwang Ti-Jilèt bis zur Beifahrertür des Transporters zu gehen.

»Mach die Tür langsam auf und steig ohne plötzliche Bewegung ein. Mein Finger ist auf dem Abzug. Wenn ich getroffen werde, drückt mein Finger ab, auch wenn ich die Kugel mitten in den Kopf kriege. Mein Abzug ist so leichtgängig, wie du's dir nicht vorstellen kannst.«

Ti-Jilèt setzte sich auf den Fahrersitz, und Dieuswalwe Azémar nahm neben ihm Platz.

»Stell den Käfig mit dem Kater ab und fahr los. Schnell.«

Ti-Jilèt startete den Motor und fuhr mit einem Ruck an. Der Lauf der Waffe an seiner Schläfe rührte sich nicht um ein Haar.

»Scheiße! Was? Bist du bei den Marines? Bei einer Spezialeinheit? Der DEA? Ich bin kein Drogenschmuggler, *man*. Ich rauche nur Gras. Ich kann's nicht glauben, dass du nur wegen dem Kater hier bist, wie Maissa behauptet hat.«

»Ruhe!«, bellte Dieuswalwe Azémar. »Fahr. Wir müssen hier raus.«

Er musste aufpassen. Ti-Jilèts Soldaten könnten Komplizen in anderen Stadtteilen alarmieren, aber das stand keineswegs fest. Ti-Jilèts unerwarteter Abgang würde Rivalitäten aufleben lassen, die in solchen Banden immer schwelen. Es war die Gelegenheit für ehrgeizige Banditen, Anspruch auf das Kommando zu erheben. Ti-Jilèt drohte fallengelassen zu werden. Er hatte einen Fehler gemacht, als er einen seiner Stellvertreter, Douvanjou, bedroht hatte. Dem musste klar sein, dass Ti-Jilèts Verschwinden seine einzige Chance war. Möglicherweise würde niemand zu verhindern suchen, dass der Transporter den Einflussbereich der Gang verließ.

Die Hände des Chefs zitterten, aber es gelang ihm, das Fahrzeug bis zur Einmündung in die Hauptstraße zu steuern, die Richtung Süden aus der Hauptstadt herausführte. Die Leute blieben stehen, um den Wagen vorbeifahren zu sehen, den sie sicher gut kannten. Den Wagen, der so viele Leichen zu den unbebauten, mit Unrat übersäten Grundstücken am Meeresufer befördert hatte. Auf allen Gesichtern war eine Mischung aus Angst, Verblüffung und auch Hoffnung zu lesen. Sie wünschten sich sicher alle den Tod dieses Bandenchefs in der Hoffnung, sein Nachfolger möge weniger blutrünstig sein. Sie hatten nur diese Wahl.

»Nach Mariani«, befahl der Inspektor.

Ti-Jilèt schwitzte. Das T-Shirt klebte ihm am Körper. Ein Glück, dass es um diese Zeit keinen Stau gab. Sie passierten das Erdölterminal, und der Inspektor befahl Ti-Jilèt Gas zu geben. An der Auffahrt zur Nationalstraße wurden sie von drei Polizisten angehalten. Der Inspektor zeigte seine Dienstmarke.

»Lassen Sie mich nicht bei ihm«, rief Ti-Jilèt, alles auf eine Karte setzend, einem der Polizisten zu. »Ich bin Ti-Jilèt. Ich ergebe mich. Ich will vor einen Richter gestellt werden.«

Der Polizist wandte sich dem Bandenchef zu.

»Einen Richter! Wie viel Geld gibst du ihm, damit er dich freilässt?«

Ein anderer kicherte.

»Es heißt auch, dass du mit wichtigen Politikern befreundet bist.«

»Lassen Sie mich nicht bei ihm«, flehte Ti-Jilèt.

»Fahr weiter«, sagte Dieuswalwe Azémar kühl. »Wenn ich jetzt abdrücke, dann habe ich nur in Ausübung meines Dienstes einen Banditen erschossen.«

Einer der Polizisten wandte sich Inspektor Azémar zu.

»Ein Vetter von mir, der auch Polizist war, ist tot. Er wurde nach einem Einsatz in dem Gebiet von diesem Schuft gefangengenommen. Sie haben ihn gefoltert und mit einem Genickschuss hingerichtet, dann haben sie seine Leiche auf einem Müllhaufen im Stadtzentrum liegen lassen.«

Die Polizisten grüßten den Inspektor und bedeuteten Ti-Jilèt weiterzufahren.

»Sie werden mich doch nicht töten«, jammerte Ti-Jilèt. »Ich kann Ihnen helfen, ich kann Ihnen jede Menge Namen angeben.«

»Das ist eine Option«, sagte Dieuswalwe Azémar.

Sie fuhren gute zehn Kilometer, dann wies der Inspektor Ti-Jilèt an, in einen kaum sichtbaren Pfad durchs Gestrüpp einzubiegen. Der faulige Geruch des Meerwassers lag in der Luft. Es war niemand zu sehen.

»Halt an«, befahl der Inspektor etwa hundert Meter, nachdem sie die Nationalstraße verlassen hatten.

Ti-Jilèt gehorchte. Der Polizist öffnete seine Tür und stieg aus.

»Steig auf meiner Seite aus«, sagte der Inspektor. »Nimm den Schlüssel. Ich will deine Hände ständig sehen. Wir werden uns ein wenig unterhalten.«

Ti-Jilèt hatte keine Wahl mehr. Die Aussicht, im Tausch gegen wichtige Informationen am Leben zu bleiben, hatte ihn jedoch ein wenig beruhigt. Er stieg aus, schloss die Tür und gab dem Inspektor die Schlüssel.

»Der Kater ist hier in Sicherheit«, sagte Azémar. »Geh geradeaus.«

Sie gingen etwa hundert Meter bis zum Meeresufer.

»Knie dich und leg die Hände auf den Kopf«, befahl der Polizist.

»Du hattest mir versprochen, dass wir uns unterhalten«, stöhnte der Bandit.

»Das habe ich auch vor«, kicherte der Inspektor.

Ti-Jilèt ging auf die Knie und legte die Hände auf den Kopf. Er wirkte nun erbärmlich, reduziert auf das, was er wirklich war: ein kleiner, unbedeutender Lump. Der Inspektor erblickte einen Felsen und setzte sich dem Bandenchef gegenüber.

»Ich brauche nicht zu wissen, wie die Leute heißen, die dir erlauben, gegen die Bevölkerung zu wüten«, begann Dieuswalwe Azémar. »Ich weiß, wer dir die Waffen liefert. Ihr habt nicht einmal genug Geld für eine Flasche Bier. In Afrika ist es genauso. Die Medien, die den Interessen der Mächtigen zu Diensten sind, schweigen wohlwollend. Das ist unsere Bourgeoisie, das sind unsere Politiker, die große Plage. Was ich wissen will, ist: Weißt du, was der ganze Mist soll?«

Ti-Jilèt starrte den Polizisten verblüfft an.

»Ich bin Chef«, stammelte er. »Ich ficke die Mädchen, die ich will. Was wären wir in diesem Land ohne unsere Waffen? Wir haben keine Arbeit. Keine Zukunft.«

»Aber du tötest«, gab ihm der Inspektor zu bedenken. »Du tötest die Zukunft.«

»Wir haben das Recht, wütend zu sein«, gab Ti-Jilèt zurück.

»Wütend auf wen? Deine eigenen Brüder?«

»Was soll ich machen?«, schluchzte Ti-Jilèt.

»Du solltest auf die Bourgeoisie wütend sein, auf die Politiker«, grollte Dieuswalwe Azémar. »Unsere wahren Chefs wurden ermordet. Wir, die *bossales**, wir hätten unseren Platz auf dieser Erde haben sollen, die wir mit unserem Blut begossen haben. Du arbeitest für unsere Feinde. Damit nur ihre Knechte Zutritt zu den Stadtvierteln haben. Bei den Wahlen kann man nur für die Lakaien unserer lumpigen Bourgeoisie stimmen. Eine schmutzige Demokratie, die von den Ausländern gestützt wird.«

Dieuswalwe Azémar spuckte auf den Boden.

»Du verdienst den Tod nicht, weil du ein Mörder bist. Das bin ich selber, auch wenn ich Banditen wie dich töte, um zu verhindern, dass gewissenlose Richter sie freilassen, damit sie weiter gegen ehrliche Leute wüten. Aber du musst sterben, weil du diesen Hunden dienst, wegen denen mein Land in dieser Scheiße steckt.«

Er drückte auf den Abzug. Ti-Jilèt fiel mit dem Ausdruck höchster Überraschung auf dem Gesicht auf die Seite. Dieuswalwe Azémar stand auf, spuckte in Richtung der Leiche aus und stieg dann wieder in den Transporter. Der Auftrag, mit dem Mademoiselle Lebrenier ihn betraut hatte, war erledigt. Aber er war es sich schuldig, alles zu prüfen. Könnte er diese Nacht schlafen mit Georges an seiner Seite und bedroht von einem Albtraum, der ihm das Morgen versperrte?

TAG 5

Er hatte eine ruhige Nacht gehabt, er konnte sich an keinen Albtraum erinnern. Hatte Georges' Anwesenheit ihn vor dem blutigen Traum geschützt? Er erwachte früh und gab dem Kater eine große Schale Milch, als wollte er ihm für den ungestörten Schlaf danken. Anschließend badete er rasch, zog sich eilig an, nahm den Käfig mit Georges und begab sich zu Willios Jeep, den er immer noch behielt. Vor der Klinik des Tierarztes fand er an diesem Dienstagmorgen nur schwer einen Parkplatz. Einige Luxusautos. Eine Dame trat ein, die einen wunderschönen Pudel unter dem Arm trug. Das Wartezimmer war voller Hunde, alles Rassehunde. Klimatisierung. Kein schlechter Geruch. Eine gut angezogene Sekretärin empfing die Kunden. Die Kliniken für Menschen in Port-au-Prince hatten nicht diesen Standard. Die Kunden hier stammten aus den Reihen der Bourgeoisie, der Diplomaten, der ausländischen Funktionäre und der vermögenden Einheimischen oder liebten einfach ihr Tier so sehr, dass sie ihr mageres Budget beschnitten, um einen qualifizierten Tierarzt zahlen zu können. Dieuswalwe Azémar zeigte der Sekretärin seine Dienstmarke und erklärte ihr, der Tierarzt müsse alles liegen und stehen lassen und ihn wegen einer Untersuchung von größter Wichtigkeit sofort empfangen. Die *kleren*-Fahne des Inspektors und sein Schielen, das jedes Mal sichtbar wurde, wenn er seine dunkle Brille absetzte, störten sie. Sie warf ihm einen schrägen Blick zu, dann sagte sie über die Sprechanlage einige Worte zu dem Arzt, wobei sie ihr Möglichstes tat, damit der Polizist es nicht hören konnte. Der Inspektor wartete vier oder fünf Minuten, etwas verlegen, den Käfig mit dem Kater in der Hand. Schließlich führte die Sekretärin ihn ins Sprechzimmer. Der Tierarzt empfing ihn in seinem Büro, dessen Wände voller Bücher und Diplome waren.

»Was kann ich für Sie tun, Inspektor Azémar?«, fragte der Tierarzt und musterte ihn aufmerksam durch seine schwere Hornbrille.

»Ich möchte, dass Sie diesen Kater vollständig durchleuchten. Es ist dringend.«

Der Tierarzt sah ihn erstaunt an.

»Darf ich fragen warum?«

»Das werden Sie erfahren, wenn wir etwas finden. Und in diesem Fall rate ich Ihnen zur Verschwiegenheit. Zu Ihrer eigenen Sicherheit.«

Der Tierarzt überlegte einige Augenblicke, dann erhob er sich.

»Dann kommen Sie, damit wir die Sache erledigen. Nehmen Sie das Tier aus dem Käfig. Wie heißt er?«

»Georges«, antwortete der Inspektor.

»*Nou pral konn Georges*«*, bemerkte der Tierarzt ironisch.

Der Inspektor öffnete den Käfig und nahm den Kater heraus, der es sich schnurrend gefallen ließ. In der Tat ein prächtiges Tier. Der Tierarzt bat den Polizisten, ihm in ein angrenzendes Zimmer zu folgen.

»Geben Sie mir den Kater«, sagte er. »Treten Sie beiseite, damit ich die notwendigen Handgriffe machen kann.«

Es dauerte nur ein paar Minuten. Der Arzt verfügte über die allermodernste Ausrüstung.

»Wir müssen das Tier betäuben, damit wir schneller arbeiten können. Das ist eine Frage von ein paar Minuten. Sie werden den Kater schlafend mitnehmen müssen.«

Der Arzt nahm eine Spritze und eine Ampulle. Im Handumdrehen hatte er dem Kater das Schlafmittel gespritzt. Nicht einmal eine Minute später sackte das Tier zusammen.

»Ich mache keinen Ausdruck«, sagte er, während er den Kater unter den Apparat legte. »Ich prüfe auf dem Bildschirm, ob da ein Detail ist, das Sie interessieren könnte. Ah!«

Ihm war ein überraschter Ausruf entfahren.

»Vielleicht ist es das, was Sie suchen«, verkündete er.

»Was ist das?«, fragte der Polizist.

»Ich weiß es nicht. Ein kaum sichtbares Ding unter der Haut am Rücken. Ich muss nur einen kleinen Schnitt machen.«

»Tun Sie das«, sagte der Inspektor.

Mit einer Schere entfernte der Arzt ein Büschel Haare an der richtigen Stelle. Er nahm eine Lupe.

»Am Nacken des Tieres wurden schon zwei Einschnitte vorgenommen«, bemerkte er.

»Zwei!«, wunderte sich der Inspektor.

»Man hat versucht, die Wunde gut zu vernähen, um den zweiten zu verbergen. Aber das fällt in Ihr Ressort.«

Er führte den Eingriff aus. Mit einer winzigen Pinzette förderte er anschließend ein durchsichtiges, einige Millimeter großes Plastiketui zutage. Trotz dem Blut war eine Speicherkarte zu erkennen.

»Scheiße!«, fluchte der Inspektor.

»Ich verschließe die Wunde wieder«, verkündete der Tierarzt, während er seinen Fund in einen kleinen Aluminiumbehälter legte. »Ich verschreibe dem Tier ein Antibiotikum und ein paar Tabletten gegen die Schmerzen. Nehmen Sie das Ding an sich, ich habe nichts gesehen.«

»Ich vertraue Ihnen«, sagte der Inspektor.

»Soll ich die Karte aus dem Etui nehmen?«

»Das sollten wir vorsichtshalber machen«, räumte der Polizist ein.

Mit einem kleinen alkoholgetränkten Lappen entfernte der Tierarzt das Blut von dem winzigen Etui. Anschließend schnitt er es mit einer anderen Schere auf, fasste die Speicherkarte vorsichtig und reichte sie dem Inspektor. Dieser steckte sie in die Hemdtasche.

»Hier ist ein Rezept«, sagte der Tierarzt. »Alles ist in der Apotheke erhältlich. Georges wird wohl noch drei oder vier Stunden schlafen.«

»Was bin ich Ihnen schuldig?«, fragte der Inspektor.

Er machte sonst gern einmal Schmu. Oft zahlte er seine Fahrten mit den Motorradtaxis nicht. Gelegentlich nahm er sich sogar das Recht heraus, sich gratis mit *soro* bedienen zu lassen. Aber vor diesem hervorragenden Spezialisten kam ihm nicht in den Sinn, sich wie ein haitianischer *chef* zu verhalten.

»Es ist mir eine Ehre, der Polizei meines Landes zu helfen«, sagte der Tierarzt.

Der Inspektor dankte ihm, legte den Kater wieder in seinen Käfig und verließ die Praxis unter den erbosten Blicken der Tierhalter im Wartezimmer. In ihren Augen hatte er seinen Status als Polizeioffizier ausgenutzt, um vor allen anderen an die Reihe zu kommen. »Die Hölle«, dachte Dieuswalwe Azémar verdrossen. »Die Hölle sogar in den Absichten, die einem unterstellt werden.«

*

Sein erster Gedanke war, zu Mademoiselle Lebrenier zu fahren und ihr den Kater zu übergeben, ohne zu sagen, was er unter der Haut des Tieres gefunden hatte. Aus den Nachrichten des einzigen Radiosenders, den er zu hören geruhte, erfuhr er, dass Ti-Jilèts Lager am frühen Morgen von einer rivalisierenden Bande angegriffen worden war. Ein gut trainiertes Kommando – es handelte sich jedoch um keine Spezialeinheit der Polizei – war mit zwei Hubschraubern gelandet und hatte mit automatischen Waffen auf alles geschossen, was sich bewegte. Nach den Aussagen der verängstigten Anwohner gab es keine Überlebenden. Nur einer der Soldaten von Ti-Jilèt hatte, bevor er starb, mit dem Polizeikommando sprechen können, das zum Ort des Geschehens geeilt war. Die Angreifer hatten Spanisch gesprochen und die Gefangenen – bevor sie sie exekutiert hatten – über einen Kater ausgefragt. Einen schwarzen Kater, so hatten sie gesagt, der sich in Ti-Jilèts Besitz befinden sollte. Der Soldat war gestorben, bevor er der Polizei weitere Angaben machen konnte. Es hieß, Ti-Jilèt sei gestern am späten Nachmittag von einem Unbekannten als Gefangener aus dem Lager gebracht worden. Dieser Mann hatte anscheinend verlangt, dass Ti-Jilèt ihm folgte – mit einem schwarzen Kater in einem Käfig.

Die Dinge überstürzten sich, begriff Dieuswalwe Azémar. Es kam nicht in Frage, zu Mademoiselle Lebrenier zu gehen. Er musste sie warnen. Sie durfte wegen dieses Katers, den sie so liebte, nicht in ihrem Haus bleiben. Er rief sie an, sie nahm sofort ab.

»Darf ich erfahren, was mit meinem Kater ist?«, fragte sie.

Der Inspektor seufzte erleichtert auf. Sie war am Leben. Diese Leute würden vor nichts zurückschrecken, um nicht den Kater, sondern das, was in ihm verborgen war, an sich zu bringen.

»Es sind Männer zu mir gekommen. Sie wollten unbedingt Georges haben. Sie haben mich bedroht. Ich habe ihnen gesagt, dass mein Kater vor einer Woche weggelaufen ist und ich sogar eine Belohnung ausgesetzt habe, um ihn wiederzubekommen. Sie haben das Haus von oben bis unten durchsucht.«

»Haben Sie meinen Namen genannt?«, erkundigte sich Dieuswalwe Azémar.

»Wofür halten Sie mich? Ich habe nur gesagt, dass ich für denjenigen, der mir meinen Kater wiederbringt, eine Belohnung ausgesetzt habe.«

»Was ist mit Pietro und Ihrer Haushälterin? Haben die geredet?«

»Sie waren nicht da, als die Männer gekommen sind. Was mich gegen diese Männer misstrauisch gemacht hat, war, dass sie Spanisch gesprochen haben. Sie waren nicht von der Police Nationale.«

»Sie dürfen auf keinen Fall meinen Namen nennen. Haben Sie das verstanden, Mademoiselle Lebrenier? Sonst sehen Sie Ihren Kater nie mehr wieder.«

»In was für einen Schlamassel ist Georges da geraten?«, schluchzte Mademoiselle Lebrenier.

»Meinen Sie Ihren Kater oder Ihren Bruder?«

»Meinen Kater natürlich. Mein Bruder ist tot.«

Entweder hatte sie wirklich eine Schraube locker, oder sie stellte sich absichtlich ahnungslos, dachte der Inspektor.

»Ich möchte Sie bitten, einige Tage bei einer vertrauenswürdigen Person Unterschlupf zu suchen. Ich melde mich bei Ihnen. Bereiten Sie den Scheck vor.«

»Sie bekommen Ihr Geld bar auf die Hand, Inspektor Azémar«, versicherte Mademoiselle Lebrenier. »Noch mal Danke, aber ich rühre mich nicht von zu Hause weg, und versuchen Sie nicht, mich dazu zu überreden.«

Er legte ohne ein weiteres Wort auf. Diese Männer hatten noch Respekt vor älteren Damen. Ein Ehrenkodex bei kolumbianischen Gangstern. Er allerdings musste sich in Acht nehmen. Kommissar Dulourd hatte mit diesen Leuten in Verbindung gestanden. Hatte er gegenüber seinen Auftraggebern seinen, Azémars, Namen erwähnt? Es hatte keinen Grund dazu gegeben. Aufgrund der

Brutalität des Überfalls auf Ti-Jilèts Lager war es nicht möglich gewesen, die Banditen zu befragen, die Angaben zu seiner Identität hätten machen können, etwa Douvanjou und die beiden Leibwächter, die der Inspektor lebend in Ti-Jilèts Gebetsraum zurückgelassen hatte. Er musste die Lehren daraus ziehen. Man lässt keine Spuren zurück. Er hatte bislang einfach nur Glück gehabt.

Es kam nicht in Frage, den Kater zu Mademoiselle Lebrenier zurückzubringen. Sie wurde überwacht. Er musste warten, bis die Aufregung sich gelegt hatte. Bis alle überzeugt waren, dass Georges, der Kater, sein Leben auf dem Teller eines Gangsters beendet hatte, der glaubte, er sei dann gegen Kugeln gefeit.

Der Inspektor klopfte an Sonias Tür. Seit einigen Monaten wohnte sie in einem Viertel im Norden der Hauptstadt. Sie hatte einen Mann gefunden, der sie von der Straße geholt hatte, um mit ihr zusammenzuleben. Der Inspektor hatte sich für sie gefreut. Sie verstanden sich gut, und ihr Lebensgefährte, ein Elektriker, der im Industriegebiet der Stadt arbeitete, hatte ihr sogar einen Jeep geschenkt, den er in Miami gekauft hatte. Der Inspektor musste lange klopfen, bevor sie ihm die Tür öffnete.

»Dieuswalwe!«, rief sie aus, als sie ihn sah. »Ich weiß nicht, ob ich mich darüber freuen soll, dass du da bist. Können wir uns draußen unterhalten?«

Er küsste sie voll Zuneigung auf die Stirn.

»Meine Flamme für dich brennt immer noch, Sonia. Aber ich habe zu viel Respekt vor dem Mann, der dir ein anderes Leben bietet.«

»Ich verstehe«, seufzte Sonia.

»Ich bin nur zu dir gekommen, damit du auf Georges aufpasst.«

»Georges? Wer ist das?«

Er ging zu seinem Jeep zurück, der auf der anderen Straßenseite parkte, und brachte den Käfig.

»Ein Kater!«, wunderte sich Sonia. »Was machst du mit einem Kater?«

Der Inspektor lächelte.

»Ich will ihn bestimmt nicht essen. Ich hoffe, auch dein Mann kommt nicht in diese Versuchung.«

Sie verzog angeekelt das Gesicht.
»Lucien? Katzen essen? Er trinkt nicht einmal.«
Er reichte ihr den Käfig.
»Pass auf ihn auf. Hüte ihn wie deinen Augapfel. Er ist einen Haufen Zaster wert.«
»Vertrau mir, Dieuswalwe. Ich hoffe, du hast dich nicht wieder in eine gefährliche Situation gebracht.«
Er antwortete nicht. Sein Telefon klingelte. Es war Michel.
»Dieuswalwe, das wird dich interessieren.«
»Was?«
»Ich erwarte dich. Ich bin zu Hause.«
»Ich hab auch etwas, was du noch für mich untersuchen musst. Wir sehen uns in einer halben Stunde.«
»Dieuswalwe ...«
Michels Stimme brach. Der Inspektor ahnte sein Schluchzen mehr, als er es hörte.
»Pepe ... Er hat seine Sachen gepackt und ist gegangen.«
»Du wirst was Besseres finden, Michel«, tröstete er ihn. »Wenn man jemanden liebt, dann misshandelt man ihn nicht.«
Er legte auf, ohne Michels Antwort abzuwarten. Solche Gespräche machten ihn verlegen. Er wollte vor allem aus beruflichen Gründen eine gute Beziehung zu seinem Freund behalten.
»Ich komme so bald wie möglich wieder«, versprach Dieuswalwe Azémar Sonia.
Sie hatte den Käfig auf einem Mäuerchen abgestellt. Sie ergriff eine Hand des Polizisten und drückte sie sehr fest.
»Geht' dir gut, Dieuswalwe?«
Ihre Stimme klang beunruhigt.
»Warum machst du dir Sorgen?«, fragte er.
Sie zögerte.
»Ich habe im Traum gesehen, wie das Ding, das Landeng dir in den Arm eingepflanzt hat, aus dir rausgekommen und zu dir geworden ist. Ich weiß nicht, wie ich diesen Traum deuten soll. Du hattest dich verändert, Dieuswalwe. Du warst nicht mehr du selbst. Du hattest eine Art Machete in der Hand.«
Am liebsten wäre er geflohen, um die Fortsetzung nicht zu hören. Er hing versteinert an Sonias Lippen.

»Ich habe vor dir gekniet. Ich konnte dich sehen, obwohl ich den Kopf gesenkt hielt. Ich habe geahnt, was du mit der Waffe vorhattest. Ich bin schreiend wach geworden. Lucien hatte große Mühe, mich zu beruhigen.«

»Hast du ihm den Traum erzählt?«

Dieuswalwe Azémar hatte eine schwere Zunge.

»Ich verheimliche ihm nichts. Das habe ich ihm versprochen. Ich musste schwören, nicht mehr in deine Nähe zu kommen. Deswegen habe ich so lange gewartet, bis ich dir geöffnet habe. Ich habe Angst, Dieuswalwe.«

Er drückte sie trotz ihres schüchternen Widerstrebens an sich.

»Ich würde dir niemals etwas antun, Sonia. Eher würde ich mir eine Kugel durch den Kopf jagen.«

»Geh jetzt. Ich möchte nicht, dass Lucien dich hier sieht. Ich werde ihn anlügen müssen. Ihm sagen, dass ich den Kater für eine Freundin hüte.«

»Nicht für lange Zeit«, beruhigte Dieuswalwe Azémar sie.

Er ging fluchtartig. Die Frau aus seinem Albtraum war also Sonia. Er hatte einen Teil seines Traumgedächtnisses gelöscht. Er musste schnell handeln. Sehr schnell. Die Tage, die Landeng ihm abgezählt hatte, waren fast abgelaufen.

*

Er fuhr dreimal durch das Viertel mit dem Komplex, in dem Michel wohnte, um sicherzugehen, dass er nicht verfolgt wurde. Das war allerdings wenig wahrscheinlich. Niemand wusste, dass der Kater in seinem Besitz war. Mademoiselle Lebrenier, die tapfere Jungfer, hatte aus Liebe zu ihrem Kater den Mund gehalten. Sie glaubte, diese Männer wollten Georges für irgendeine teuflische Zeremonie, um sich die angeblichen Kräfte ihres verstorbenen Bruders anzueignen.

Er war daher relativ ruhig, als er an Michels Tür klingelte. Dieser war schlicht angezogen, während er sonst zu Hause gern Kleidung trug, die seine sexuelle Orientierung deutlich zeigte. Vielleicht schloss der Informatiker auf diese Weise mit einer Liebe ab, die er als turbulent und gewalttätig bezeichnet hatte.

»Ich will dich nicht mit meinem Kummer und meinen Gefühlen langweilen«, sagte Michel, indem er den Inspektor hereinbat.

Der Inspektor ließ sich in einen Sessel fallen. Er fühlte die ganze Müdigkeit der letzten Stunden. Seine Intuition sagte ihm indessen, dass er sich ins Zeug legen musste, um diesen finsteren Fall abzuschließen.

»Schenk mir einen Whisky ein.«

Der Informatiker beeilte sich, dem Inspektor einen Whisky pur zu bringen, wie er ihn mochte.

»Was hast du gefunden?«, fragte der Polizist.

»Es ist natürlich nicht dein Blut«, begann Michel. »Soweit ich weiß, hast du nicht die Blutgruppe AB, und du leidest nicht an dieser Form von Anämie.«

Der Inspektor schlürfte seinen Whisky. Er fühlte sich gut. Er hatte den Eindruck, einen Schritt in Richtung des Mörders zu tun, den er nicht zu fassen bekam.

»Welcher Form von Anämie?«

»Thalassemie. Eine sehr seltene Anämie, die man vor allem bei Personen aus dem Mittelmeerraum findet.«

Der Polizist schloss die Augen, atmete tief ein und trank sein Glas in einem Zug aus.

»Alles klar?«, erkundigte sich Michel.

»Mir geht's gut«, versicherte Dieuswalwe Azémar.

Er reichte Michel die Speicherkarte, die aus Georges Nacken entfernt worden war.

»Sag mir, was da drauf ist.«

»Das haben wir gleich.«

Er schaltete seinen Rechner ein und schob die Karte in das vorgesehene Lesegerät. Der Inspektor hatte sich hinter den Informatiker gestellt. Auf dem Bildschirm erschienen Buchstaben und Zahlen.

»Geografische Koordinaten!« rief Dieuswalwe Azémar aus.

»Für einen Inspektor der haitianischen Polizei bist du ja gut im Bilde«, bemerkte Michel ironisch.

»Und du zu brillant, um einer Polizei zu dienen, die unseren schuftigen Politikern gehorcht. Wohin führen diese geografischen Koordinaten?«

»Einen Moment«, sagte Michel. »Ich habe eine Satellitenverbindung, mit der ich über die Koordinaten Bilder von jedem beliebigen Ort bekommen kann. Ausreichend klar, und um nicht einmal sechs Stunden versetzt. Allerdings gibt es geschützte Orte.«

Der Inspektor wartete mit klopfendem Herzen ab, wie der Informatiker die Koordinaten eingab. Auf dem Bildschirm erschien eine Landschaft. Das Bild wurde schärfer. Eine Ebene. Die grüne Vegetation von oben. In der Umgebung war kein Haus zu sehen.

»Wo sind wir?«, fragte Dieuswalwe Azémar.

»Ich weiß nicht, was die Koordinaten auf der Speicherkarte für dich bedeuten, Dieuswalwe. Wir sind auf dem Zentralplateau zwischen Hinche und Lascahobas.«

Ein Detail stimmte nicht.

»Bis wann kannst du die Zone visuell erfassen?«, fragte der Inspektor.

»Willst du in der Zeit zurückgehen?«

»Ja. Um einen Beweis für ein menschliches Eingreifen an diesem Ort zu finden. So gering er auch sein mag. Acht Jahre, ist das möglich?«

Michel stieß einen Pfiff aus.

»Das ist möglich. Aus Sicherheitsgründen werden die Bilder auf bestimmten Websites über zehn Jahre aufbewahrt. Allerdings muss man Zugang dazu haben. Aber dein Freund Michel hat überall hochgestellte Freunde.«

»Das bezweifle ich nicht«, spottete der Inspektor. »Du gehörst zu einer Brüderschaft, die für ihre Solidarität bekannt ist.«

»Du solltest dich uns anschließen«, riet ihm Michel. »Wir gehen zunächst monatsweise zurück.«

»Los geht's«, stimmte der Inspektor zu.

»Ich nehme eine Software zu Hilfe, um uns die Suche zu erleichtern. Sie erkennt Unterschiede, Veränderungen einer Landschaft im Laufe der Zeit. Ich habe sie schon einmal benutzt.«

»Ich vertraue dir«, murmelte der Inspektor.

Die Bilder desselben Ortes zogen vor ihm vorbei. Dutzende Bilder. Mithilfe der Satellitenfotografien reisten sie in die Vergangenheit. Sieben Jahre und mehr. Keine nennenswerte Veränderung. Kein menschlicher Eingriff.

»Diese Software würde melden, wenn Bauern Brandrodungen vorgenommen hätten, sogar eine weggeworfene Bierdose«, schloss Michel mit einem Seufzer. »Jede Wette, dass an dem Ort mit diesen Koordinaten kein Schatz vergraben wurde. Wenn du willst, kannst du es nachprüfen, aber ich lege meine Hand dafür ins Feuer, dass du deine Zeit verschwenden würdest. Derjenige, der diese Koordinaten auf der Karte gespeichert hat, wollte jemanden in die Irre führen. Zeit gewinnen.«

Der Inspektor überlegte. In seinem Geist hörte er in Endlosschleife die Bemerkung des Tierarztes: »Es gab schon zwei Einschnitte am Nacken des Tieres.« Man hatte die Speicherkarte schon einmal entnommen. Um falsche Koordinaten einzugeben, nachdem man die richtigen ausgelesen hatte?

»Kannst du prüfen, ob auf der Karte andere Informationen gespeichert und dann gelöscht wurden?«, fragte der Inspektor.

»Du verlangst ja allerhand. Natürlich kann ich das. Wenn einfach nur *delete* gedrückt wurde, dann ist das für meine Software ein Leichtes. Sonst muss ich eine andere Software einsetzen, die ich nicht besitze, aber ein Freund von mir, der in einer Agentur der amerikanischen Regierung arbeitet, kann sie mir schicken. Es würde zwei Tage dauern, bis ich sie hätte.«

»Michel«, beharrte der Inspektor. »Ich hab's eilig.«

»Keiner ahnt, dass es diese Möglichkeit zur Wiederherstellung von Daten gibt. Die meisten Leute machen den Fehler, einfach nur in Windows auf *delete* zu klicken. Ich starte den Prozess.«

Der Inspektor schenkte sich noch einen Whisky ein. Er hatte ein brennendes Verlangen nach *soro*.

»Da!«, rief Michel. »Volltreffer.«

Auf dem Bildschirm erschienen andere Zahlen.

»Wo sind wir jetzt?«, fragte der Inspektor mit klopfendem Herzen.

»Im Süden ... In Port-à-Piment. Ich zoome heran ... Ein Friedhof!«

Der Inspektor beugte sich vor, um besser zu sehen. Die Kreuze waren schwer zu erkennen, aber die Umrisse der Gräber waren deutlich sichtbar. Dieuswalwe Azémar stieß einen erstaunten Pfiff aus. Dieser Fall barg jede Menge Mysterien, aber die Logik erlaubte es, Brücken zwischen den Unbekannten zu schlagen, um zur Lösung zu gelangen, bevor Landengs Rache ihn völlig hilflos machte. Der Inspektor rieb sich die Hände.

»Volltreffer, lieber Michel. So viel, wie Georges wert ist, wäre es traurig, wenn er auf dem Teller eines Bandenchefs enden würde. Ich bin stolz darauf, ihm dieses wenig ehrenvolle Ende erspart zu haben.«

»Und was bekomme ich als Belohnung?«, flötete Michel.

Der Inspektor trank eilig sein Glas aus und stürzte zur Tür.

*

Eine Stunde lang beantwortete er die Fragen der Generalinspektion über den Mord an Kommissar Dulourd. Man wollte vor allem wissen, woran er zurzeit arbeitete. Er sprach von seinen Ermittlungen über die Serienmorde an den katzenessenden Alkoholikern, recht bekannten Personen unter den eifrigen Jüngern der Flasche. Ein Mitglied des Untersuchungsausschusses fragte ihn, ob der Kommissar ihn mit einem anderen Fall betraut habe. »Nein«, antwortete er. Der Untersuchungsbeamte trieb ihn in die Enge: »Nach den Informationen, die wir eingeholt haben, sind Sie aber mindestens zweimal bei Mademoiselle Lebrenier, einer Freundin von Kommissar Dulourd, gewesen. Sie haben sie vorher nicht gekannt. War das ein Zufall?« Inspektor Azémar wunderte sich, wie die Generalinspektion von diesen doch ... privaten Ermittlungen erfahren hatte. Zu viele Fragen, auf die er keine Antwort hatte. Er mochte solche Fälle, in denen man sich immer im dichten Nebel vorwärtstastete, wirklich nicht. »Für einen Inspektor meines Kalibers ist es nicht einfach, zuzugeben, dass ich versuche, den Kater der Dame wiederzufinden. Sie war in der Tat eine gute Freundin von Kommissar Dulourd. Er hatte mich um einen kleinen Gefallen gebeten. Für mich ist das kein Fall«, antwortete er lapidar. Der Untersuchungsbeamte musterte ihn, lutschte dabei an seinem Bleistift und machte sich schließlich eine Notiz auf seinem Block. »Das ist immerhin ein ziemlich wichtiger Kater, denn Mademoiselle Lebrenier wurde von Männern, die auf der Suche nach diesem Tier waren, zu Hause behelligt. Und ein Kommando mit

Hubschraubern hat die Gang von Ti-Jilèt dezimiert, ebenfalls auf der Suche nach einem Kater. Finden Sie das normal?«, fragte ein anderes Ausschussmitglied. Dieuswalwe Azémar tat überrascht: »Was? Und Ti-Jilèt? Ist er tot?« Derselbe Ermittler antwortete ihm, die Leiche des Bandenchefs sei am Tatort nicht gefunden worden. Der Beamte, der an seinem Bleistift lutschte, attackierte erneut: »Was haben Sie bei Anelma gemacht? Erzählen Sie uns, was dort passiert ist.« Er sagte, er sei von Kommissar Dulourd eingeladen worden, um an einem *kleren*-Trinkwettbewerb teilzunehmen. »Zum Zeitpunkt des Angriffs war ich zu besoffen, um irgendetwas zu verstehen. Ich weiß nicht, ob ich mich gewehrt habe, und ich erinnere mich nicht, wie ich von dort weggekommen bin. Vollständiges Delirium, Sie müssten ja wissen, was das heißt.« Die Beamten von der Generalinspektion sahen ihn schockiert an. Der Bleistiftlutscher beendete das Gespräch, indem er den Inspektor wissen ließ, sie hätten zwar wieder einmal keine Beweise, seien sich aber weiterhin sicher, dass er Informationen verheimliche. »Sie sind immer noch auf der schiefen Bahn, Inspektor. Ihre endgültige Entlassung aus der Polizei ist nur noch eine Frage von Tagen. Sie sollten besser kooperieren.« Dieuswalwe Azémar wünschte ihnen viel Erfolg bei ihrer Untersuchung und erlaubte sich sogar, sie bis zum Ausgang des Kommissariats zu begleiten.

Er rief Wachtmeister Patrick an. Der junge Polizist hatte alles, was der Inspektor verlangt hatte. Dieuswalwe Azémar verließ das Präsidium, stieg in den Jeep, den er trotz zweier besorgter Anrufe seines Mechanikers immer noch behielt, und fuhr ein weiteres Mal aufs Geratewohl durch die Straßen, um einer eventuellen Beschattung zu entgehen. Diesmal würde die Generalinspektion die schweren Geschütze auffahren, um ihn zur Strecke zu bringen. Marasas und Landengs Getreue lagen auf der Lauer. Die Letzteren wussten nicht, dass man für ihn eine Rache zusammengebraut hatte, die besser zu einem Polizisten passte, der sich anmaßte, der Justiz vorzugreifen, um die Gesellschaft von ihren Delinquenten zu befreien. Als er der Meinung war, dass der Weg frei war, fuhr er zur Stadt hinaus. Wachtmeister Patrick erwartete ihn an einer Tankstelle mit drei Kanistern voll Benzin. Zu dieser Uhrzeit herrschte besonders dichter Verkehr. Wie viele andere Fahrer, die gleichwohl nicht seinen Status als haitianischer Chef genossen, missachtete der Inspektor munter die elementarsten Verkehrsregeln. Er entkam den Staus und bog rascher als vorgesehen in die Nationalstraße nach Süden ein.

»Ihr Vertrauen ehrt mich, Inspektor Azémar.«

»Sie wissen ja noch nicht einmal, warum Sie mich begleiten«, bemerkte der Inspektor, die Augen auf die Straße geheftet, auf die sich langsam die Dunkelheit legte.

»Zu wissen, dass ich Ihnen helfen kann, genügt mir. Ich kenne die Geschichte von Wachtmeister Colin. Glauben Sie, ich schlage denselben Weg ein wie er?«

»Woher soll ich das wissen?«, fragte der Inspektor.

»Ich hätte auch eine andere Stelle haben können. Ein Onkel von mir hat einen guten Posten bei der Regierung. Ich wollte mit Ihnen arbeiten.«

»Wer noch nie in Versuchung war, kann über seine Tugenden nur spekulieren«, warnte ihn der Inspektor.

»Ich werde Ihre Zweifel über mich ausräumen«, versicherte Wachtmeister Patrick. »Ich will ein so brillanter Polizist werden wie Sie.«

»Ein Alkoholiker ohne Geld?«

»Bestimmt kein Alkoholiker. Ich trinke nur gern Bier. Man kann ein guter Polizist sein und ehrlich seinen Lebensunterhalt verdienen.«

»Wenn das so einfach wäre«, seufzte Inspektor Azémar.

Das Auto raste die Nationalstraße entlang, ohne sich um die Geschwindigkeitsbeschränkung zu scheren. Die Dunkelheit legte sich langsam über die Halbinsel. Junge Leute ließen sich am Straßenrand nieder, um sich zu unterhalten oder der Musik aus den Lautsprechern zuzuhören, die die Geschäfte an bestimmten Stellen aufstellten, um die Kundschaft anzulocken. In diesen Regionen spielte sich das Leben entlang den Straßen ab, wenn es welche gab. Man legte Wert darauf, am Wegesrand zu wohnen. Der Lärm, der Staub und die zahlreichen Unfälle kümmerten niemanden. Man musste beim Fahren äußerst aufmerksam sein, denn ständig konnte jemand ohne die übliche Vorsicht die Straße überqueren. Die größte Gefahr ging von Tieren aus. Ein regelrechtes Chaos, dachte der Inspektor bedauernd. Dennoch, je weiter man sich von der Hauptstadt, einer wahren Scheußlichkeit, entfernte, desto ... lebenswerter wurde das Leben. Ihm fiel wieder sein Projekt ein, eines Tages weit weg ans Meer zu ziehen, ans andere Ende der Insel, nach Tiburon oder Dame-Marie. Es war ein verrückter Traum. Bei seinem Beruf und seinen erbitterten Feinden hatte er wenig Chancen, alt genug zu werden, um ein solches Projekt zu verwirklichen. Außerdem bräuchte er Geld. Für den Kauf eines Grundstücks. Für den Bau eines Hauses, wenn es auch noch so bescheiden war. Er musste es einsehen: Am Ende seines Wegs würden ihn nur die Pforten der Hölle erwarten. Nur ein Traum war ihm gestattet. Mireya. Ihr ein besseres Leben zu bieten, weit weg von diesem Land, das die Gedankenlosigkeit und der Wahn der Menschen zerstört hatten.

Wachtmeister Patrick war eingeschlafen, sein leises Schnarchen bildete ein harmonisches Duett mit dem Brummen des Motors. Der Inspektor hielt einige Minuten an und schaltete alle Lichter aus, um sich ein weiteres Mal zu vergewissern, dass er nicht intelligent beschattet wurde. Dann fuhr er weiter, ohne in den verschiedenen Städten, durch die die Nationalstraße hindurchführte, die Geschwindigkeit zu verringern. Früher als vorgesehen, erreichte er Les Cayes, die größte Stadt im Süden, wo er einen guten *soro*-Händler kannte. Er füllte seine Flasche, während der wieder erwachte Wachtmeister Patrick mit Ringen um die Augen seinen Durst mit zwei Flaschen Bier löschte.

Der Inspektor fuhr weiter. Durch den bewölkten Himmel war vom Vollmond nichts zu sehen. Ein Nieselregen vernebelte die Nacht. Dieuswalwe Azémar erreichte sein Ziel. Port-à-Piment wirkte, als hätten alle Einwohner die kleine Stadt verlassen. Sogar die Tore der Polizeistation waren verschlossen.

»Wohin fahren wir?«, erkundigte sich Wachtmeister Patrick.

»Zum Friedhof«, antwortete Inspektor Azémar.

»Zum Friedhof!«, wunderte sich der junge Wachtmeister.

Sie waren bereits dort. Inspektor Dieuswalwe Azémar umrundete ihn, um unter einem Flammenbaum zu parken, dessen Blätter in der Brise rauschten. Er bemerkte einen Hummer-Jeep, der einige Meter vom Tor des Friedhofs entfernt parkte.

»Sie warten hier, bis ich Ihnen ein Zeichen gebe«, befahl Inspektor Azémar. »Ihre Waffe.«

»Meine Waffe?«

»Ja, Ihre Waffe. Sie kommen zum ersten Mal in eine so gefährliche Situation. Ich will alles prüfen.«

Wachtmeister Patrick reichte dem Inspektor eilig seine Waffe.

»Sehen Sie nichts Verdächtiges in der Umgebung?«, fragte der Inspektor.

Wachtmeister Patrick durchsuchte die Dunkelheit mit den Augen.

»Anscheinend ist der Weg frei«, sagte er.

»Hier ist Ihre Waffe wieder. Alles in Ordnung. Bleiben Sie hier, und seien Sie wachsam. Schießen Sie nur, wenn es unbedingt sein muss.«

Er stieg aus dem Jeep und ging zum Tor. Die Kette, die die beiden Flügel zuhielt, war durch keinen Mechanismus gesichert. Dank seiner Magerkeit gelangte er ins Innere, ohne dass er sich allzu sehr am Tor zu schaffen machen musste. Er blieb reglos stehen, die Waffe in der Hand, mit allen Sinnen die Nacht prüfend, auf das leiseste Geräusch lauschend, das vom Friedhof kam. Lag es an dem *garde*, dem kriegerischen und mörderischen Geist, den er im Arm trug? Er hörte die Eidechsen, die auf der Suche nach Insekten in den Bäumen herumhuschten, den Flug der Fledermäuse. Auch die Trommelklänge einer Voodoo-Zeremonie in den Bergen drangen zu ihm. Der Wolkenteppich ließ immer noch kein Mondlicht hindurch. Er ging langsam einen Pfad des Friedhofs entlang und wartete auf ein noch so geringfügiges Signal, dass jemand anwesend war. Kein verdächtiges Geräusch, aber ein Lichtschein links vor ihm. Er ging etwas schneller, die Gummisohlen der Militärstiefel, die er trug, sorgten für ein geräuschloses Fortkommen. Er drückte sich an ein Grab. Ein Mann mit einer Taschenlampe steckte einen Schlüssel in das Schloss einer Gruft. Er öffnete sie, trat ein und schloss sie hinter sich. Der Inspektor wartete einen Moment, bevor er näher heranging. Er legte ein Ohr an die Tür. Kein Geräusch. Er hätte nie sein Einbrecher-Schlüsselset vergessen. Er öffnete seinerseits die Tür und schlüpfte ins Innere.

Stufen. Unten ein schwaches Leuchten. Er stieg vorsichtig die baufällige Treppe in die Krypta hinunter. Der Schuss krachte. Er hatte noch hinter einem Stapel Kisten in Deckung gehen können.

»Sie kommen hier nicht raus, Pietro«, rief der Inspektor. »Den einzigen Ausgang habe ich unter Kontrolle. Sie sind ein schlechter Schütze, aber ich verfehle Sie nicht. Das Spiel ist aus.«

Schweigen, dann ließ ein weiterer Schuss das Gewölbe erbeben. Die Kugel prallte über dem Inspektor von der Wand ab.

»Reizen Sie mich nicht, Pietro. Was wählen Sie? Wollen Sie hier sterben oder lebend nach Port-au-Prince zurückgebracht werden? Es gibt aber auch eine andere Lösung: Wir könnten uns verständigen.«

»Wie verständigen?«, fragte die Stimme des Mannes, der sich in der Dunkelheit der Krypta verbarg.

Dieuswalwe Azémar dachte sich, dass dies der erste Fall war, in dem er den Gauner spielen musste.

»Hier liegt Geld. Viel Geld. Nur dass Sie dieses Vermögen nicht mehr für sich allein haben können.«

Der Inspektor hatte sein Telefon mit seiner Taschenlampenfunktion auf einen Stapel Kisten gestellt, so dass der enge Raum der Krypta wenigstens teilweise erleuchtet war.

»Ich traue Ihnen nicht«, sagte die Stimme.

»Ich zähle von zehn herunter, dann sind Sie tot, Pietro. Ich warte zehn Sekunden, dann beginne ich den Countdown.«

Er arbeitete sich auf dem feuchten, etwas ekelhaft riechenden Boden der Krypta im raschen Kriechgang vorwärts. Pietro schoss auf das Telefon, von dem er glaubte, der Inspektor halte es in der Hand. Er war dadurch einen Moment abgelenkt, so lange, bis der Inspektor auf einmal rechts neben ihm auftauchte. Sein präziser Schuss zerschmetterte das Handgelenk, das die Waffe hielt. Pietro schrie vor Schmerz auf und ließ seine Pistole fallen. Dieuswalwe Azémar überwältigte ihn im Handumdrehen und legte ihm trotz der stark blutenden Verletzung Handschellen an.

»Du kommst nicht davon«, grollte der Inspektor.

»Sie hatten gesagt, wir könnten uns verständigen«, protestierte sein Gefangener.

Der Inspektor zwang ihn, sich auf eine Kiste zu setzen.

»Was ist da drin, Pietro? Kokain? Dollars?«

Er nahm sein glücklicherweise unbeschädigtes Telefon wieder an sich, hob eine flache Eisenstange vom Boden auf und sprengte den Deckel einer Kiste ab. Bündel von amerikanischen Dollars in Plastikhüllen. In einer anderen lagen Pakete mit weißem Pulver.

»Die Beute von einem großen Drogenboss aus Kolumbien, die Georges, der Bruder von Mademoiselle Lebrenier, irgendwie an sich gebracht hat. Vielleicht sollte er sie für jemanden aufbewahren. Sie waren mit Georges gut befreundet. Hat er Ihnen etwas anvertraut? Bestimmt nicht sehr viel. Er hätte Ihnen niemals verraten, wo dieser Schatz liegt. Aber nach seinem Tod, nachdem er von Anelma vergiftet worden war, in wessen Auftrag und warum wird wohl nie herauskommen, da haben Sie Ihr Gehirn eingeschaltet. Wo hatte Georges die Informationen zur Auffindung des Geldes und der Drogen wohl gelassen? Sie sind intelligent. Sie kannten die Denkweise Ihres Freundes. Sie haben schließlich den Kater verdächtigt. Georges hatte zu sehr darauf gedrungen, dass er auf dem Grundstück bleiben musste. Er hatte ihn zu jung kastrieren lassen. Er hatte seiner Schwester empfohlen, nur wegen des Katers die Mauern ausbruchssicher zu machen. Sie haben nicht geglaubt, dass der Grund dafür nur das Schicksal von Ignace sein sollte. Sie haben das Tier ohne Wissen von Mademoiselle Lebrenier, der Frau, die Sie seit Jahren liebten, irgendwo röntgen lassen, haben die Speicherkarte entnommen und die richtigen Informationen durch falsche ersetzt. In jedem Fall wäre die Missetat Georges angelastet worden, der tot war und sich nicht mehr verteidigen konnte.«

Der Inspektor seufzte.

»Ich weiß wirklich nicht, was dann passiert ist. Der Eigentümer von diesem Schatz ist sicher nach ein paar Jahren wieder aufgetaucht. Wo war er?«

»Im Gefängnis«, antwortete Pietro. »Er wurde erst vor zehn Tagen entlassen. Ich habe es erfahren, weil ich mir angewöhnt habe, die Nachrichten aus Bogotá im Internet zu verfolgen.«

»Ich verstehe. Man ist nie wirklich ruhig, wenn man auf dem krummen Weg ist. Sie haben die Flucht des Katers organisiert. Das war intelligenter als den Drogenboss feststellen zu lassen, dass die Speicherkarte falsche Informationen enthielt. Wenn der seinem Komplizen Georges vertraut hat, würde er sich Fragen stellen, Himmel und Erde in Bewegung setzen, um seine Drogen und sein Geld zurückzubekommen. Aber wenn Georges in einem Land mit so vielen Katzenfressern verspeist wird, dann ist die Sache geritzt. Als Mademoiselle Lebrenier mich gebeten hat, ihren Kater wiederzufinden, sind Sie in Panik geraten.«

»Es besteht jetzt keine Gefahr mehr, Inspektor. Wir können uns verständigen. Hernandez, der Chef von Georges in Kolumbien, wurde heute Nachmittag in Medellín erschossen, als er aus einer Bar kam. Er war für eine Menge Leute zu gefährlich geworden. Nach den Ereignissen bei Anelma wurden bei einem Einsatz der DEA in zwei Vierteln von Pétion-Ville etwa zehn Kolumbianer festgenommen, die für den Überfall auf das Lager des Bandenchefs verantwortlich waren.«

»Weil sie auf der Suche nach dem Kater waren«, seufzte Dieuswalwe Azémar.

»Ich muss mich behandeln lassen«, flehte Pietro und zeigte sein Handgelenk vor. »Bringen Sie mich ins Krankenhaus. Sie wissen jetzt alles. Wir sind gezwungen, uns zu verständigen.«

Ein zynisches Lächeln kräuselte die Lippen von Inspektor Azémar.

»Wenn Sie wüssten, Pietro, wie scheißegal mir dieses Geld und das Kokain sind.«

Pietro sah ihn erschreckt und erstaunt zugleich an, sein Gesicht war schmerzverzerrt.

»Ich habe keine Sympathie für Katzenfresser, aber Sie hatten nicht das Recht, sie zu töten. Hätten Sie irgendwelche Leute aus der Bourgeoisie umgebracht, die die Bevölkerung vergiften, hätte ich Ihnen gratuliert.«

»Wie haben Sie es herausbekommen?«, fragte Pietro.

»Sie haben versucht, mich zu ermorden. Da Sie sich über die alkoholischen Neuigkeiten des Landes informieren, haben Sie herausgefunden, dass ich auf diesem Fest bei Anelma war. Ich habe Sie mit Ihrem eigenen Messer an der Schulter verletzt und bei unserem Kampf ist Blut von Ihnen auf meinem Hemd zurückgeblieben. Sie leiden doch an einer seltenen Form von Anämie. Ihr Vater stammte aus Italien.«

Pietro senkte den Kopf.

»Ich habe Adeline von frühester Jugend an geliebt. Ich habe gesehen, wie sie dahingesiecht ist und irgendwann nicht mehr gehen konnte aus Erschütterung über diesen Kater, den sie so geliebt hat und den man ihr gestohlen hat. Bestimmt wurde er gegessen.«

Er holte tief Luft.

»Ich wollte sie anschließend heiraten. Ich habe mehrmals um sie angehalten. Sie hat mit der Begründung abgelehnt, dass sie mir keine behinderte Frau aufbürden wollte. Ich bin dennoch an ihrer Seite geblieben und war ständiger Zeuge ihres Schmerzes und ihres Verfalls.«

»Und Sie haben sich eingebildet, Sie könnten zum Arm ihrer Rache werden. Allen, die Katzen fressen, insbesondere den Alkoholikern, gehörte die Kehle durchgeschnitten. Siebenundzwanzig Morde bisher. Ich wäre der achtundzwanzigste geworden.«

Pietro hob seine beiden Handgelenke in Gesichtshöhe.

»Diese Leute haben mein Leben und das von Adeline zerstört. Sie haben alle den Tod verdient. Die anderen werden ebenfalls sterben. Vielleicht nicht durch meine Hand, aber sie werden sterben.«

»Nein, du wirst sterben«, antwortete der Inspektor trocken.

Diesmal ließ die Beretta des Inspektors das Gewölbe erzittern. Pietro erstarrte einen Moment, dann fiel er nach hinten, den Körper verrenkt von seinem Sturz zwischen die Kisten.

»Gute Arbeit, Herr Inspektor«, sagte hinter ihm eine Stimme, die er erkannte.

»Wachtmeister Celuri«, sagte Inspektor Azémar mit einem Seufzer. »Das war zu erwarten. Sie sind sicher in Begleitung von Wachtmeister Patrick.«

»Legen Sie Ihre Waffe zu Ihren Füßen ab und drehen Sie sich dann ganz langsam um, Herr Inspektor. Bei Ihnen gehe ich kein Risiko ein.«

Azémar gehorchte. Wachtmeister Patrick und Celuri bedrohten ihn mit ihren Waffen.

»Verzeihen Sie mir, Herr Inspcktor«, entschuldigte sich Wachtmeister Patrick. »Hier liegen Millionen, und niemand weiß es.«

Der Inspektor schüttelte traurig den Kopf.

»Das ist der Fluch von Wachtmeister Colin. Und an Celuris Händen klebt das Blut mehrerer Polizisten.«

»Wachtmeister Colin war in einen Organhandel verwickelt, Herr Inspektor«, versuchte Wachtmeister Patrick sich zu rechtfertigen. »Das hier ist was anderes. Es sind nur Drogen.«

»Mit Inspektor Azémar haben wir nicht zu diskutieren«, riet ihm Wachtmeister Celuri. »Er ist ein Verrückter.«

»Sobald Sie mich gebeten haben, Kanister voll Benzin zu besorgen, habe ich Wachtmeister Celuri angerufen«, erklärte Wachtmeister Patrick. »Er hat mich auf den Trichter gebracht.«

»Es musste ja einen Grund geben«, sagte Wachtmeister Celuri. »All die Aufregung um einen Kater! Ich habe immerhin ein Gehirn, wenn auch kein so brillantes wie Sie. Jetzt töte ihn, Wachtmeister Patrick.«

Wachtmeister Patrick hatte den Finger auf dem Abzug.

»Ich kann's nicht«, stammelte er. »Wir könnten uns mit dem Inspektor einigen.«

»Mit diesem Spinner? Du bist wohl verrückt. Gib mir deine Waffe mit dem Griff voran.«

Er zielte auf Wachtmeister Patrick.

»Pass auf«, warnte Wachtmeister Celuri. »Sonst werden hier nachher drei Leichen statt zwei gefunden.«

Wachtmeister Patrick zitterte. Der Schweiß brach ihm aus. Er übergab Celuri seine Dienstwaffe.

»Sie sind ein Dummkopf, Wachtmeister Patrick«, kicherte der Inspektor. »Er hat drei Polizisten in Cité Soleil enthauptet. Er wird erst Sie mit Ihrer eigenen Waffe töten und dann mich, so kann man ihn nicht anklagen.«

»Sie sind zu intelligent, Herr Inspektor«, frohlockte Wachtmeister Celuri. »Aber das wird Ihnen nicht mehr viel nützen.«

Celuri steckte seine persönliche Waffe weg, zielte auf den Kopf von Inspektor Azémar und drückte ab. Kein Schuss löste sich. Der Inspektor bückte sich nach seiner Beretta. Celuri zog seine eigene Waffe nicht schnell genug. Er bezahlte es mit dem Leben.

»Was mache ich jetzt mit Ihnen, Wachtmeister Patrick?«, fragte Inspektor Azémar.

Wachtmeister Patrick stand unter Schock. Er konnte sich nicht mehr auf den Beinen halten und fiel auf eine der Kisten.

»Hätte meine Pistole keine Ladehemmung gehabt, hätte er uns erschossen.«

»Stehen Sie auf, Wachtmeister Patrick. Die Pistole hatte keine Ladehemmung. Sie hätten sie mir nicht einige Sekunden anvertrauen dürfen. Ich hatte ein zweites Magazin, das in dieser Situation gute Dienste geleistet hat.«

»Mein Gott«, rief Wachtmeister Patrick aus. »Sie denken an alles.«

»Machen wir, dass wir hier rauskommen und holen wir die Benzinkanister.«

»Sie werden doch nicht all das anzünden, ohne einen Centime mitzunehmen!«, protestierte Wachtmeister Patrick.

»Und ob ich das werde«, kicherte der Inspektor.

Er zwang den jungen Wachtmeister aufzustehen und ihm zu folgen. Die Nacht draußen war kühl. Die Brise roch nach dem nahen Meer. Einige feine Regentropfen. Es gab drei Kanister. Der Inspektor befahl Wachtmeister Patrick, zwei von ihnen zu nehmen. Er nahm den dritten, um eine Hand für seine Waffe frei zu haben. Als sie zurück in der Krypta waren, flossen Tränen über Wachtmeister Patricks Wangen.

»Lassen wir das wirklich alles in Rauch aufgehen?«, fragte er tiefbetrübt ein zweites Mal.

»Besprengen Sie das Ganze mit Benzin, Wachtmeister Patrick«, brüllte der Inspektor. »Ich hätte keine Skrupel, Sie niederzuschießen.«

Wachtmeister Patrick schüttete weinend Benzin über die Kisten mit Geld und Drogen. Anschließend reichte der Inspektor ihm den letzten Kanister. Als er fertig war, zog der Inspektor eine Streichholzschachtel hervor.

»Ich habe eine Tochter in den Vereinigten Staaten, Wachtmeister Patrick. Sie hat nur mich. Sie ist meine Achillesferse. Deswegen habe ich sie ins Ausland geschickt, weit weg von diesem verkommenen Land.«

Er schickte sich an, ein Streichholz anzureißen.

»Es stimmt, dass ich dieses Geld hätte benutzen können. Aber meine Freiheit, meine Kraft ist meine Ehrlichkeit. Ich bin stolz auf das, was ich bin. Dieuswalwe Azémar. Dieuswalwe mit zwei W. Wenn Gott mir die Hölle bestimmt, dann kann er mich mal. Meine Zeit auf Erden werde ich benutzen, um dieses Land von so vielen Schuften wie möglich zu befreien.«

Er warf das brennende Streichholz auf eine Kiste. Das Feuer knisterte in der Krypta. Sie kamen gerade noch rechtzeitig ins Freie und verließen den vom Feuer in der Gruft erhellten Friedhof.

»Setzen Sie sich ans Steuer, Wachtmeister Patrick«, befahl der Inspektor.

Er nahm auf dem Beifahrersitz Platz. Als der junge Wachtmeister starten wollte, sahen sie in etwa zwanzig Meter Entfernung eine Menschenmenge. Unbeweglich, die meisten fast nackt, mit Macheten in den Händen. Aus ihren Augen leuchtete hasserfüllter Irrsinn. Ein seltsames Murmeln ging von der ungewöhnlichen Schar aus.

»Was ist das?«, schluckte Wachtmeister Patrick.

»Zurücksetzen!«, schrie der Inspektor.

Als Wachtmeister Patrick das Manöver einleitete, befahl ihm der Inspektor innezuhalten. Hinter ihnen stand eine ähnliche Menge. Menschen, die aussahen wie dem Grab entstiegen, bewaffnet mit Macheten, Messern, Stöcken oder Steinen. Andere waren auf die Friedhofsmauer geklettert.

»Das sind Zombies«, jammerte Wachtmeister Patrick. »Das Feuer hat sie geweckt. Wir sind geliefert.«

Er bekreuzigte sich.

»Lassen sie mich ans Steuer«, beschloss der Inspektor.

Er half dem jungen Mann mit beiden Händen, über ihn hinwegzuklettern, damit er ans Steuer konnte.

»Was wollen Sie tun?«, stotterte Wachtmeister Patrick.

»Ich warte«, sagte der Inspektor. »Bete.«

Das Murmeln der Untoten wurde stärker, dann begannen sie im Gleichschritt auf den Jeep vorzurücken wie eine Armee von Automaten, befehligt von einem verrückten Wissenschaftler. Wachtmeister Patrick rezitierte einen biblischen Psalm.

»Kurbeln Sie Ihre Scheibe hoch«, befahl der Inspektor. »Bücken Sie sich.«

Er fuhr plötzlich los und beschleunigte das Fahrzeug auf den paar Metern, die sie von der feindseligen Menge trennten, so stark wie möglich. Der Aufprall war fürchterlich. Der Inspektor hielt die Hände fest am Steuer und den Fuß auf dem Gaspedal. Hörte er das Geräusch der zermalmten Körper, der knackenden Knochen, des Bluts, das auf die Windschutzscheibe und die Karosserie spritzte? »Ein Kegelspiel«, dachte der Inspektor betrübt. »Ich bin bereits in der Hölle.« Er fand sich auf der verlassenen Straße wieder. Wachtmeister Patrick war in Ohnmacht gefallen. Er fuhr gute zehn Kilometer mit Vollgas und verlangsamte nur vor den Bremsschwellen. Vor einer Brücke versuchte eine zweite, weniger zahlreiche Gruppe ihm den Weg zu versperren. Er fuhr erneut mitten durch den Haufen. Erst am Eingang der Stadt Les Cayes fuhr er langsamer. Er hatte einen Pfad entdeckt, der zu einem Graben führte, in dem ein Bach floss. Er hielt an. Es war gefährlich, aber er hatte keine Wahl. Er besprengte das Auto, um es von Blut zu reinigen. Am vorderen Stoßfänger hatten sich Stücke von Armen und sogar ein Kopf verfangen. Er hatte ein wenig *soro* übrig, aber das erleichterte ihm seine Aufgabe nicht. Er kannte eine Freundin, bei der er für die Nacht Unterschlupf suchen konnte. Er würde den Teufel nicht herausfordern, indem er bis Port-au-Prince fuhr. Die Truppen der Nacht hatten sicher Alarm geschlagen. Erst bei Tagesanbruch würde die Gefahr vorüber sein.

TAG 6

Die Sonne stand bereits hoch am Himmel. Der Sicherheitsmann ließ den Inspektor ein und sagte ihm, er kenne den Weg ja. Er fragte ihn, ob er wisse, dass Pietro sei zwei Tagen vermisst sei. Mademoiselle Lebrenier sei darüber außer sich. Man habe sogar einen Arzt rufen müssen. An diesem Nachmittag gehe es ihr aber viel besser. Der Inspektor fand sie sitzend vor, nicht im Garten, sondern in ihrem Zimmer. Sie hatte alle Fenster öffnen lassen, um die Luft und die Düfte des Gartens einzulassen.

»Georges«, rief sie, als sie den Inspektor erblickte.

Dieuswalwe Azémar legte den Kater auf Mademoiselle Lebreniers Schoß. Sie drückte ihn an sich und rieb ihr Gesicht an der Schnauze des Tieres, das vor Wohlbehagen schnurrte.

»Ich weiß nicht, wie ich Ihnen danken soll, Inspektor Azémar. Der Scheck, den ich Ihnen ausgestellt habe, ist nur ein ungenügender Ausdruck meiner Dankbarkeit. Ich weiß, dass Sie alles getan haben, um Georges wiederzufinden.«

»Vielen Dank, dass Sie den Wert meiner Arbeit anerkennen«, sagte Inspektor Azémar mit einer Verneigung.

Sie reichte dem Inspektor einen Umschlag.

»Dreißigtausend Dollar wie versprochen.«

Der Inspektor öffnete den Umschlag, um den Scheck zu prüfen. Alles war korrekt.

»Das ist immerhin viel für einen Kater«, seufzte der Inspektor. »Sollte ich einmal vermisst sein, wird niemand eine so hohe Summe bieten, um mich wiederzufinden.«

»Georges bedeutet viel für mich«, erinnerte ihn Mademoiselle Lebrenier.

»Dafür habe ich nun den Beweis«, räumte der Inspektor ein, während er den Umschlag vorsichtig in die Hemdtasche steckte.

»Seit unserem Besuch im Präsidium ist Pietro weg, ohne mir etwas zu sagen, Inspektor. Das macht er sonst nie. Ich mache mir Sorgen in diesen bewegten Stunden.«

»Ich bin sicher, dass Sie ihn wiedersehen werden«, beruhigte er sie, angeekelt von der plötzlichen Leichtigkeit, mit der er log. Er war überzeugt, dass das Drecksding, das Landeng ihm in den Arm eigennäht hatte, dafür verantwortlich war.

»Das hoffe ich, Inspektor.«

»Eine letzte Frage, Mademoiselle Lebrenier. Hieß der Freund Ihres Bruders, den ich auf der Fotografie in seinem Zimmer gesehen habe, nicht Hernandez?«

Sie sah ihn überrascht an.

»Jetzt, wo ich daran denke, ja. Mein Gedächtnis lässt mich im Stich, Inspektor. Ja, genau, Hernandez. Er war eines Abends zum Essen bei uns. Jetzt erinnere ich mich. Anelma war da, Pietro auch. Es war ein schöner Abend. Hernandez hat sogar Gitarre für uns gespielt. Er war mir gegenüber von ausgesuchter Höflichkeit.«

»Ich hoffe, wir sehen uns eines Tages wieder, Mademoiselle Lebrenier.«

»Das hoffe ich auch, Inspektor. Sie sind ein echter Gentleman.«

Er drückte einen Kuss auf die Hand, die Mademoiselle Lebrenier ihm reichte, dann verließ er das Zimmer. Er war nur ein paar Schritte gegangen, als er das Lachen eines Mannes hörte. Es kam aus dem Zimmer von Mademoiselle Lebrenier. Er hörte ihre Stimme:

»Du hast mir gefehlt, Georges.«

Dann eine Männerstimme:

»Lass mich nicht mehr mit Pietro allein. Das ist ein falscher Fuffziger. Ein Verrückter.«

Der Inspektor ging drei Schritte zurück, in seinem Nacken brach ihm der kalte Schweiß aus. Der Kater saß Mademoiselle Lebrenier auf dem Tisch gegenüber. Diese spürte wohl die Anwesenheit des Polizisten. Sie warf ihm einen so kalten Blick zu, dass er bis ins Mark fror. Der Inspektor verließ eilig das Haus. Vor allem nicht nachdenken. Die Schublade schließen und nicht mehr öffnen. Das Vergessen hatte manchmal sein Gutes.

*

Der Inspektor ging zur Bank, um den Scheck von Mademoiselle Lebrenier einzulösen. Wieder dieselben Formalitäten. Er fühlte sich die ganze Zeit schlecht. Sein Arm brannte stärker als gewöhnlich. Zweimal kam er sich vor, als würde er gleich in Ohnmacht fallen. Er brauchte länger als gewöhnlich, denn er musste Überweisungen für Mireya planen. Landengs Rache war nah. Er konnte ihr nicht mehr ausweichen. Er verließ die Bank. Als er gerade in Willios Jeep steigen wollte, den er trotz dessen verzweifelten Anrufen immer noch behielt, wurde er wie in einen Abgrund gerissen. Alles drehte sich um ihn. Er verlor das Bewusstsein. Als er zu sich kam, lag er auf dem nackten Boden eines Zimmers, dessen offene Fenster die Meeresbrise einließen. Er sah die schwankenden Wedel der Kokospalmen. Er hörte das Tosen der Brandung auf den Felsen. Nicht er stand auf. Er war nicht mehr er selbst, er war sein eigener Zuschauer. Ihm wurde klar, dass der *garde* die Kontrolle über seinen Willen übernommen hatte. Er befand sich in seinem Albtraum. Er sah sich auf eine Tür zugehen und sie öffnen. Der Anblick eines Strandes aus schwarzem Sand, der ein makellos blaues Meer mit strahlend weißen Wellen begrenzte, blendete ihn. Auf der Galerie des Bungalows ein Tisch mit einem roten Tischtuch, auf dem eine Machete mit einer Klinge, so lang wie ein Säbel, lag. Er sah sich die Waffe aufnehmen und zu einem Felsen gehen. Er schliff die Klinge am Granit, um sie noch schärfer zu machen. Eine Frau kam auf ihn zu. Nackt mit auf den Rücken gefesselten Händen. So wie sie näherkam, wurde sie von jemandem vorwärtsgestoßen, aber er konnte nicht sehen, von wem. Die Frau hob das Gesicht zu ihm. Er erkannte Sonia. Sie fiel vor ihm auf die Knie und flehte ihn erneut, wie im Albtraum, um Erbarmen an. Er wollte sie um Verzeihung bitten, ihr zurufen, dass er nicht mehr er selbst war, dass man Besitz von seinem Körper und seinem Geist ergriffen hatte, dass er keine Kontrolle über irgendetwas mehr hatte. Der Wille, der nicht mehr seiner war, zwang ihn, die Machete zu heben, den Griff fest in beiden Händen. Er leistete Widerstand. Wollte schreien. Schluchzer fluteten in seiner Brust nach oben. Höchster Schmerz. Er kämpfte. »Alles wird sich erfüllen, Dieuswalwe«, flüsterte ihm eine Stimme zu. Er sah einen Augenblick lang den Mann, der Sonia bis vor ihn geführt hatte. Landeng! Hinter ihm standen außerdem Marasa und sein Bruder sowie eine Menge anderer verdammter Seelen, deren Passierschein in die Hölle er unterzeichnet hatte. Er erkannte Wachtmeister Colin, Maissa, Capitaine, Ti-Jilèt, Celuri und noch andere. Während er eine letzte Anstrengung unternahm, sah er die Freude auf den Gesichtern seiner Opfer. Er gab den Kampf auf. Er konnte nicht mehr. Er würde Sonia enthaupten und würde es zum Vergnügen dieser Versammlung aus Verfluchten immer wieder tun. Das Klingeln eines Telefons durchbrach die Kontrolle durch den Willen des Geistes, der ihn besaß. Er brach auf dem Sand zusammen, die Machete fiel ihm aus den Händen. Fieberhaft holte er das Handy aus der Tasche, als wäre der Apparat der Ausweg aus seinem Albtraum. Er wischte über das Annahmesymbol.

»Papi Dieuswalwe ... Du kannst es tun ... Treib ihn aus ...«

»Mireya«, schluckte er mit Tränen in den Augen.

»Beeil dich, Papi Dieuswalwe ... Treib ihn aus. Fahr nicht zur Hölle.«

Sie schrie:

»Du hast zwei W in deinem Vornamen!«

Das Telefon fiel ihm aus der Hand. Er spürte den Willen, der wieder Kraft gewann. Seine Hand umklammerte stattdessen den Griff seiner Dienstwaffe. Es gelang ihm, sich den Lauf an die Schläfe zu setzen. Der dämonische Wille widersetzte sich. Er beharrte. Sein Finger lag auf dem Abzug. Die Stimme seiner Tochter hallte durch seinen Kopf: »Du hast zwei W in deinem Vornamen!« Die Wut zerbrach etwas in ihm. Er spürte die Überraschung des Geistes, von dem er besessen war, denn Loko glaubte, er habe seinen Willen bezwungen. Sonia schluchzte. Landeng, Marasa und die ganze dämonische Versammlung verfolgten in Transe das Ringen zwischen dem Inspektor und Loko, dem *garde*. »Ich habe zwei W in meinem Vornamen«, brüllte er. Er konnte wieder sprechen. Die Zeit erstarrte, während er den Abzug drückte. Der Teil seines Arms, wo der *garde* eingenäht worden war, fing Feuer und riss auf. Ein Wille – nicht der des *garde*, denn er hörte erneut Mireyas Stimme: »Du fährst nicht zur Hölle« – lenkte den Lauf von seiner Schläfe ab. Die Kugel zerriss ihm die Kopfhaut, der Schmerz hätte ihn zu Boden strecken müssen. Aus seinem Arm schoss eine haarige Gestalt hervor. Eine Art unförmiger Zwerg, völlig nackt, rannte zu einer Kokospalme. Dieuswalwe Azémar feuerte in seine Richtung. Der Zwerg erkletterte den Baum so schnell, wie es keinem Menschen möglich gewesen wäre. Der Inspektor schoss seine Waffe leer, entschlossen, ihn nicht zu verfehlen. Trotz dem Blut aus seiner Kopfverletzung, das ihm über die Stirn lief und seine Sicht behinderte, musste er ihn getroffen haben. Er verfehlte sein Ziel nie. Der *garde*, Loko, vollführte vom Wipfel der Kokospalme aus einen schwindelerregenden Hechtsprung ins Meer und verschwand in einer Welle, die brausend auf den Strand zulief.

»Fick dich, du Dreckstück!«, brüllte Dieuswalwe Azémar. »Geh dahin zurück, wo du hergekommen bist!«

Mit seiner entladenen Waffe in der Hand ging er zu der immer noch knienden jungen Frau zurück. Er befreite sie von ihren Fesseln und hob sie auf. Er musste ihr zwei Ohrfeigen versetzen, damit sie zu sich kam.

»Dieuswalwe!«, rief sie. »Was ist mit mir passiert? Was mache ich hier?«

»Das war dein Traum«, sagte der Inspektor. »Fahren wir nach Hause. Lucien wird dich überall suchen.«

»Ich bin zu Hause eingeschlafen, und jetzt bin ich hier. Erklär's mir.«

Sie zitterte. Da sie nackt war, zog der Inspektor sein Hemd aus, obwohl es blutbefleckt war, um sie zu bedecken. Die Kleider der jungen Frau waren nirgendwo zu sehen.

»Unterwegs kann ich dir alles erklären. Komm.«

Er nahm sie an der Hand. Auf einem Pfad, der nach hundert Metern in die Nationalstraße mündete, entdeckte er Willios Jeep. Er entkorkte eine Flasche *soro*, bevor er sich ans Steuer setzte. Das kleine Mädchen, das er aus einem winzigen Dorf im hintersten Winkel Haitis namens La Brésilienne mitgebracht hatte, hatte ihm ein weiteres Mal das Leben gerettet. Er hatte nie verstanden, woher Mireyas seltsame Kräfte kamen. Der Inspektor bemerkte, dass die Versammlung der Verdammten hasserfüllt um den Jeep herumstand. Marasa, seine Diener, Landeng, Maissa und all die anderen, die er in die Hölle befördert hatte, würden sich niemals geschlagen geben, aber diese Partie ging an ihn. Für wie lange in diesem Land, das den finstersten Instinkten der Menschheit preisgegeben war? »Fahr nicht zur Hölle«, hatte Mireya gerufen. Sein Schicksal war also nicht endgültig vorgezeichnet, wie er geglaubt hatte. Es hätte ihn erleichtern müssen, aber in ihm war nur eine große Leere. Eine Leere, die womöglich gefährlicher war als Wut.

ENDE

Port-au-Prince, Carrefour-Feuilles, 23. August 2018

ALPHABETISCHES GLOSSAR

Akra: Röllchen aus frittiertem Stockfisch und Malangawurzeln.

Banda: traditioneller Tanz, der für gewöhnlich von sehr schlanken, hochgewachsenen Männern getanzt wird, die schlangenähnliche Bewegungen vollführen.

Bésigue: beliebtes Kartenspiel.

Bizango: Bestimmte Riten für bösartige Geister.

Bòkò: Hexer. Im Gegensatz zum *oungan* oder der *manbo* praktiziert er auch schwarze Magie.

Bossale: Ursprünglich die direkt aus Afrika eingeführten Sklaven im Gegensatz zu den im Land geborenen. Heute allgemein abwertend für die einfache schwarze Bevölkerung.

Bwa kochon: eine Art *tranpe*.

Dékabès: Spielzug beim Domino, bei dem ein Stein an beiden Enden angelegt werden kann.

Dyab lan di bay zòn nan !: Der Teufel sagt, ihr sollt von hier verschwinden!

Galerie: eine Art Veranda.

Garde: Schutzgeist.

Kay Guirand. Atis-pent: Haus von Guirand. Kunstmaler.

Kleren (auch *tafia* genannt): Zuckerrohrschnaps. Aus den Pressrückständen hergestellt, daher billiger als Rum.

Königspalme: Wappenbaum Haitis.

Konpa: populäre, dem Calypso ähnliche Tanzmusik.

Kwi: Gefäß aus einem Flaschenkürbis.

Lwa (sprich »Loa«): Bezeichnung für die Geister des Voodoo.

Malere, gade jan nou malere ...: Elend! Seht, wie elend wir sind. Wir hinken, aber unsere Beine sind nicht gebrochen. Wir sind alle Elende, aber wir tun so, als würden wir die Wirklichkeit nicht sehen.

Manbo: Voodoopriesterin.

Nou pral konn Georges: Wörtlich: Jetzt lernen wir Georges kennen. Im übertragenen Sinn: Jetzt können wir was erleben.

Odyans: Bezeichnung für traditionelle Erzählrunden.

Oungan: Voodoopriester.

Peristil: Voodoo-Heiligtum.

Rabòday: Musikstil, der Rap, Hiphop und traditionelle haitianische Rhythmen verbindet.

Soro: eine Art *tranpe*, aromatisiert mit den Blättern der Bittermelone.

Tafia: Siehe *kleren*.

Tranpe: aromatisierter *kleren*, in besseren Kreisen verpönt.

Vèvè: Zeichnung, die die Geister des Voodoo symbolisch darstellt.